TELLE UNE ABEILLE

ISABELLE GIRARD

TELLE UNE ABEILLE

Roman

Éditions de Fallois
PARIS

22, rue La Boétie, 75008 Paris

ISBN 978-2-87706-634-1

À Pierre et Hélène

Rio de Janeiro, 1972.

Cinq ans. Je ne suis qu'un petit bout de fille. Et je me retrouve sur ce grand trottoir. Il y a plein de bruit. Beaucoup d'autos. Tout me paraît immense. J'attends. C'est maman qui m'a amenée là. Elle m'a dit que mon père allait venir me chercher. J'ai ma jolie robe bleue. Avec des petits chameaux jaunes. Maman n'est plus là ! J'ai peur. Je la vois plus. Elle est repartie très vite. Je suis perdue. J'ai envie de pleurer ! On a pris l'autobus pour venir là. Rio est une ville tellement grande ; des maisons comme celles que je vois, il n'y en a pas dans la favela où j'habite. J'ouvre grand les yeux. Est-ce que c'est mon père là-bas ? Non, c'est pas lui. Ce monsieur me regarde même pas. Il continue à marcher. Pourquoi elle m'a laissée comme ça ? C'est sûr qu'il va venir ?

Tiens, encore un autobus comme celui qu'on a pris. Tout ce monde ! Elle m'a dit d'attendre, d'être sage, que mon père allait venir. Mais je le vois toujours pas. Il en met du temps ! Et s'il avait oublié ? C'est long d'attendre comme ça. Je suis toujours sur ce trottoir avec des grandes dalles en ciment.

C'est pas comme la rue où ma mère habite. Sa maison, à ma mère, elle est sur une colline. Pas de trottoir. C'est de la terre et dès qu'il pleut, ça fait de la boue. Il y a des ruisseaux qui dévalent la pente. Moi, j'aime bien marcher pieds nus dans la boue ; j'aime bien l'eau qui coule des toits. Avec mes frères, on essaie toujours de faire couler l'eau là où elle veut pas aller. Pourquoi ils sont pas venus aussi mes frères ? Et ma grande sœur ? J'attends encore. Je regarde d'un côté de la rue. De l'autre. Cet homme qui marche vers moi ? Non ! Il me dépasse. Et celui-là ? C'est pas lui non plus ! C'est long ! J'en ai marre ! J'ai peur. Pourquoi ma mère m'a laissée ? En me disant que mon père va venir ! J'attends encore très longtemps. Sans bouger. Je vois beaucoup de jambes passer. Ici, les pieds ont tous des chaussures. Avec des bruits différents. Et des couleurs. Parfois même ça brille. Comme elles sont grandes celles-là ! Je lève les yeux. Non, c'est pas mon père non plus. Il a peut-être oublié.

Que faire ? Je réfléchis. D'abord me débarrasser de ce bébé un peu lourd que je tiens dans les bras. C'est ma petite sœur. Elle a vingt et un jours. Je sais très bien qu'elle a vingt et un jours.

Maman a encore dit son âge ce matin. Je peux rien faire pour ce bébé. Elle pleure, j'ai rien à lui donner à manger. C'est encombrant un bébé. Alors je regarde autour de moi et je remarque une dame et un monsieur qui balaient le trottoir devant une boutique. Ils ont l'air plus vieux que ma mère. Je m'avance vers eux et je montre ma petite sœur à la dame. Elle prend le bébé dans ses bras. C'est un tout petit bébé qui pleure. Je suis soulagée de plus le porter. D'ailleurs il pleure moins fort depuis que la dame le berce doucement. Elle voit que je suis perdue et dit qu'elle va me donner quelque chose à manger. On entre dans la boutique. C'est une boulangerie. La dame me tend alors un pain de maïs. Je pense à ma mère et j'ai envie de pleurer. Le monsieur qui balayait est aussi entré. Il me propose de rester avec eux. Ils travaillent ici. Ils sont très gentils. Mais je pense retrouver ma mère si je la cherche maintenant. Je laisse pas à la dame le temps de me poser trop de questions.

Je m'enfuis très vite et commence à marcher, marcher et marcher dans la grande rue. C'est plus facile les bras vides. Où aller ? À un moment je vois des autobus vert et blanc passer et je me rappelle qu'avec ma mère on avait déjà pris un jour un autobus vert et blanc pour aller jusqu'à la plage. C'était pas un autobus orange comme celui qui nous a amenées ce matin dans ce quartier bruyant avec des grands trottoirs.

Alors, je sais pas exactement pourquoi, mais je décide d'aller jusqu'à la mer et je monte donc dans le premier autobus vert et blanc qui s'arrête. Il est vraiment rempli et personne me remarque. Il fait chaud, très chaud. On roule longtemps. Des gens montent. Des gens descendent. Des voitures passent de tous les côtés. Ça fait beaucoup de bruit. Je sais pas combien de temps on roule. À un moment, j'aperçois la mer. Pas un instant j'hésite. C'est là ! Il faut que je quitte cet autobus. Tout de suite. Au premier arrêt.

Quand je descends, l'air est différent. C'est comme un souffle qui me caresse la joue. Je marche vers la plage. Près de la plage, il y a des poubelles et je sais qu'en regardant bien, je vais bien trouver un reste de fruit ou de gâteau. Il y a tellement de gens qui viennent sur la plage. C'est pas ça qui m'inquiète. Avec ma mère et ma sœur Balbina, on est venues plusieurs fois déjà jusqu'à la plage. Pour demander aux personnes de nous donner un peu à manger. Ou bien peut-être elles avaient des habits pour nous. Il y avait toujours quelques personnes très gentilles. Je tenais la main de ma mère et je souriais. Quelquefois on lui donnait des pièces. Après avoir dit merci, elle les cachait toujours dans une poche cousue à l'intérieur de sa jupe.

Je vais me débrouiller. On me donnera quelque chose à manger. C'est plutôt que la nuit va venir et j'ai très peur. Des enfants jouent avec un ballon sur le sable. Ils rient très fort. Un grand chien prend le ballon et part vers la mer. Le plus rapide des enfants rattrape le chien, récupère le ballon et donne un violent coup de pied dans le ventre du chien. J'aimerais pas être à la place du chien ! Me méfier de ces enfants... Rien que des garçons. Le plus jeune est bien plus costaud que moi. Je m'assois sur le sable, contre un petit muret qui borde la plage. Je reste là, à les regarder pendant qu'ils s'amusent bruyamment. Je mange un morceau de banane que j'ai ramassé pas loin.

On entend moins de voitures que tout à l'heure. Il commence à se faire tard. Je pleure. Je me sens vraiment seule. Heureusement j'ai plus le bébé dans les bras. Son visage, j'y pense même plus. Mes bras sont soulagés de plus le porter. C'est ça qui compte. Mais maman, où elle est ? Elle m'a dit qu'elle allait travailler. Jamais elle m'emmène quand elle part travailler. Pourquoi elle a dit que mon père allait venir nous chercher ? Comment passer la nuit ? Si j'étais un animal je me tapirais dans le sable en faisant un trou pour me protéger.

Il fait de plus en plus sombre. Plus personne ne joue au ballon. Je bâille, j'ai sommeil, j'ai faim et surtout j'ai peur. Alors machinalement mes mains commencent à écarter le sable tout autour de moi. Je me blottis dans le trou qui s'agrandit. Je ramène le sable sur moi et je pense à ma mère qui m'a laissée dans la rue, toute seule avec ma toute petite sœur. Et je pleure encore, longtemps, très longtemps. Depuis cette toute première nuit où je suis devenue une enfant des rues, j'ai peur du noir et ne peux dormir sans lumière…

Les jours passent. Au début, je porte encore la même robe bleue. Elle devient de plus en plus sale. On voit plus bien les chameaux. J'essaie de me faire des amis avec les autres enfants qui traînent sur la plage et dans les rues autour du marché. Personne ne veut de moi. Je suis très petite et je suis une fille.

— On te connaît pas !

— On veut pas de toi !

— Regarde comme t'es petite !

— Va voir ta mère ! Des filles ça pleure tout le temps !

— Tu vas nous causer des problèmes. C'est assez difficile comme ça !

Je suis très timide. Tous les enfants refusent de m'aider, de me prendre avec eux. Pourtant on se donne du courage à plusieurs. On est plus fort pour faire des bêtises. Tant pis, je m'habitue à ne compter que sur moi. La nuit, je dors chaque fois sur la plage, bien cachée dans le sable tout près du muret. Le matin, je rôde autour du marché. On commence à me connaître. J'ai plus ma robe aux chameaux. Je l'ai mise dans une poubelle. On m'a donné un short et un T-shirt. Il fait très chaud tous les jours. La plupart du temps je reste torse nu. On est tellement mieux ! Mes cheveux ont poussé. Ils sont sales. C'est plutôt une tignasse que j'ai sur la tête ! Je constate au bout d'un moment qu'on m'appelle « le petit », et jamais « la petite ». C'est pas pour ça que les bandes de garçons veulent plus de moi. Ils me traitent de minus, de miette de rien du tout. Alors je survis, tant bien que mal. Combien de jours ? Combien de semaines ? Impossible à dire. Tous les jours se ressemblent. Ou presque.

Un matin, alors que je me promène au milieu des marchands de légumes et de fruits, je suis attirée par une odeur de saucisses et de viande qu'un monsieur fait griller sur un grand barbecue. J'ai jamais vu ce monsieur. Il est là parce qu'il y a une fête dans le quartier. D'ailleurs je remarque que les gens sont bien habillés. Il y a des mères avec leurs filles en jolies robes, avec des rubans dans les cheveux. Les gens parlent plus fort que d'habitude. Beaucoup boivent de la bière. Il fait très chaud. Un garçon se met à crier « Attention, le feu ! » Une grande flamme s'élève du barbecue ; tout le monde recule.

Rien de grave, en fait, mais moi, je reste pétrifiée, sans bouger. Je me revois avec mes deux frères, José et Fernando, et ma sœur Balbina dans la maison de ma mère. Ça ressemble à une grande cabane en dur avec quelques tôles pour faire un toit. Mon père est venu voir ma mère. Elle est pas encore là. Il se met alors dans une colère terrifiante. On y peut rien. Elle est pas revenue de son travail. Sa furie est tellement forte qu'il commence à mettre le feu à la maison, avec nous dedans, blottis dans un coin de l'unique pièce. La porte en bois s'enflamme vite, la fumée nous étouffe. On peut plus respirer.

Ce sont des voisins qui nous sortent de là en faisant un trou dans le mur de derrière. Je m'en souviens comme si ça venait juste d'arriver. J'ai cru qu'on allait tous mourir. Comment ne pas oublier une frayeur pareille ? C'est ça un père ? Il habite pas avec ma mère. Lui, il travaille dans un cinéma de la ville. Il est machiniste. Il finit tard son travail, et quand il a fini, il aime bien retrouver ses copains.

Ma mère dit qu'il lui donne jamais d'argent. Ni le père de Balbina, d'ailleurs, et encore moins les pères de José et de Fernando. On les voit pas beaucoup. Ma mère me dit que mon père travaille beaucoup. Quand il vient voir ma mère, j'entends surtout des disputes, des cris, des reproches. On est habitué parce que, chez les voisines, c'est aussi la même chose. Notre voisine d'en face, c'est sa mère qui garde son bébé toute la journée. Moi, ma grand-mère, je l'ai jamais connue. Quand je suis née, elle était déjà morte. Fernando, il se souvient d'elle parce qu'elle lui donnait des bonbons quand il tombait et se faisait mal. Des bonbons... rouges, jaunes, orange... C'est doux dans la bouche. Ça réchauffe la gorge. Ça colle sur la langue. Il y en a qui pétillent comme des étincelles. Je sens mes joues brûler.

— Recule, petit ! C'est dangereux !

Je réagis d'un coup. Une main m'agrippe l'épaule et me fait reculer. Je lève la tête. C'est la vendeuse de salades et de tomates. Elle a eu peur pour moi. Je le vois dans ses yeux. Un court instant je repense à ma mère. Mais j'entends un client lui dire :

— Encore un mioche qui traîne dans la rue. À qui il est celui-là ?

— Je sais pas, mais heureusement qu'on est là ! Pour les nourrir, tous ces affamés ! Ces mendiants !

Je me fais toute petite et m'éloigne rapidement vers l'autre bout du marché, loin de la fumée qui s'élève au-dessus des grillades odorantes. Je n'ai jamais beaucoup aimé la viande grillée.

Tous les jours, je reviens vers ce marché pour grappiller à droite et à gauche quelque nourriture. J'ai souvent faim. Je vois les mêmes enfants qui font comme moi. Ils veulent toujours pas de moi dans leurs bandes. Je m'occupe plus d'eux. Je suis seule. Je m'habitue. Finalement, les marchands sont plus généreux. Ils n'ont pas peur de moi, ne me chassent pas. Alors qu'ils râlent tout le temps après ces bandes de voyous qui chapardent dès qu'ils ont le dos tourné.

Ce que j'aime, ce sont les fruits. Surtout quand ils sont pleins de jus délicieux. Je m'applique à enlever la peau tout doucement, petit bout par petit bout. Ça dure plus longtemps. Justement je vois un jour arriver un camion plein d'ananas. J'ai envie d'en manger un. Celui qui est tout en haut, c'est celui-là que je veux attraper. C'est le plus beau ! Je commence à grimper sur le camion et perds l'équilibre. Je tombe en hurlant tellement que le chauffeur me voit et me ramasse. Une douleur envahit mes deux poignets. Les os ont craqué, j'en suis sûre. Le chauffeur est très ennuyé et m'emmène à l'hôpital. Là-bas, on s'occupe de moi, un médecin me bande les poignets. Le chauffeur explique ce qui s'est passé. Il ne sait pas quoi dire pour remplir la fiche du médecin.

— Comment tu t'appelles ?

— Mimi !

— Mais ton nom, c'est quoi ?

— Ma mère m'appelle toujours Mimi. C'est Mimi !

— Et ta mère, où elle est ?

— Je sais pas ! Elle est partie !

— Elle est où ?

— Elle m'a laissée !

Le chauffeur parle un long moment avec le médecin, puis avec une dame de l'hôpital et ils décident de m'emmener à l'orphelinat. Pour qu'on s'occupe de moi. On peut pas laisser un enfant si petit tout seul dans la rue, avec les deux mains blessées. Il faut s'occuper de lui ! C'est une honte, tous ces enfants seuls. Livrés à eux-mêmes. Sans famille. Et si, pourtant. J'ai une mère, j'ai un père. Mais c'est comme si j'en avais pas ! Morts tous les deux, ce serait pareil. Je n'existe plus pour eux. Et moi, j'oublie petit à petit leur visage. Je me demande s'ils ont existé, même.

Il est très grand cet orphelinat. Pas loin de l'aéroport de Rio. On entend les avions. Ça fait peur quand ils décollent, surtout le soir, quand il commence à faire noir. Le bruit est effroyable. Je suis pas rassurée. Ils sont bien nombreux les enfants ici ! Rien que des garçons. Beaucoup de voyous, des durs, des délinquants comme ils disent. Pas drôle la vie ici. C'est comme une prison.

Au début, je suis bien contente qu'on m'aide parce que c'est pas facile. J'ai mal à mes poignets. Mes mains sont maladroites. Mais très vite j'étouffe. Je veux sortir. On est regroupés par groupes de dix, avec des numéros. Je suis avec le groupe 4. On partage le dortoir avec le groupe 3. On est dans le bloc A. C'est un bâtiment séparé du bloc B et du bloc C où les enfants sont plus grands. Nous, on est les « petits ». Certains garçons sont très noirs. D'autres très maigres. Il y en a qui sont blessés. Mais on a tous plus ou moins la même taille dans mon dortoir. Je suis la seule fille mais personne ne le sait. C'est très sévère. Chaque fois qu'un enfant fait une bêtise, tout le groupe est puni. Et il y a toujours quelqu'un qui désobéit. Donc tous les jours, ou presque, on a des punitions. C'est en général les mêmes garçons qui sont méchants. Dans la rue il faut se battre pour manger. C'est la vie sauvage. Mais au moins dehors on est libre. Alors on rêve tous d'y retourner à la rue. Certains enfants s'échappent et au bout de quelques jours, ou quelques semaines parfois, quelqu'un les ramène à l'orphelinat. Et la punition est très dure quand ils reviennent. Pour les décourager de repartir.

Petit à petit mes forces reviennent avec mes poignets qui guérissent. J'ai tous les jours à manger ici. Pas besoin de chercher à droite et à gauche. Mais il y a souvent des bagarres à table. Au début la cuisinière faisait plus attention à moi. Elle voyait bien que j'étais maladroite. Pas facile avec des bandages aux poignets. Les garçons les plus rapides se font remplir deux fois leur assiette. Maintenant que je vais mieux, je fais surtout attention à ce qu'ils prennent pas ma part. Si en plus ils savaient que je suis une fille, ils se moqueraient de moi et je pourrais même pas me défendre. Et jamais je pleure devant eux. Mais parfois, j'en ai marre de leurs disputes. J'étais mieux toute seule finalement !

Alors il faut vraiment que je sorte d'ici. J'en peux plus ! Je vais trouver un moyen. On est tellement nombreux qu'ils ne peuvent pas tous nous connaître. Pas de semaine sans qu'il y ait des nouveaux. Et des départs aussi parce qu'on a retrouvé un parent. Ou bien quelqu'un vient rechercher son enfant parce qu'il est sorti de l'hôpital ou de prison, ou revenu de son village après avoir laissé l'enfant dans la rue. Personne viendra me chercher, moi, j'en suis sûre. Je connais ni mon vrai nom, ni mon adresse. Où est ma mère ? Je dois me débrouiller par moi-même.

Les journées étaient tristes au début sur la plage. Maintenant les journées sont terribles derrière les grands murs de l'orphelinat. Pourtant les semaines passent. Je me méfie beaucoup des autres. Même ici c'est chacun pour soi. La seule personne à qui je parle un peu, c'est le vieux jardinier Manuel. Il arrive à l'orphelinat tôt le matin sur sa vieille bicyclette rouillée. Il s'occupe des massifs, il taille les buissons et surtout il fait pousser quelques légumes dans le potager derrière le bâtiment principal. Il y a des poireaux, des carottes, des choux, des pommes de terre et des salades, le long d'une allée de bananiers. Souvent un ou deux des plus grands garçons travaillent avec lui. J'aime bien aussi venir l'aider.

Un jour il me montrera à moi aussi comment pédaler sur une bicyclette.

— Manuel, comment je peux sortir d'ici ?

— Je sais, c'est dur. Quand tu auras quatorze ans, tu partiras d'ici. Personne ne reste après quatorze ans.

— C'est long pour avoir quatorze ans ?

— Ça dépend ! Combien on te donne ?

— Sept ans, je crois...

— Alors, ça fait encore sept ans. Sept et sept quatorze !

— Jamais je resterai tout ce temps. Je vais m'enfuir.

— Tu ne dois pas t'enfuir. Si tu es pris, ce sera encore plus terrible.

— Pourquoi ? Ça peut pas être pire !

— Tu n'auras même plus le droit de venir dans le jardin. D'abord tu seras frappé et ensuite tu resteras plusieurs jours dans la petite pièce à côté du bureau du directeur.

— M. Mancha ?

— Exactement. Tu vois très bien qui je veux dire.

Manuel pose alors sa bêche et met ses deux mains sur mes épaules en me regardant droit dans les yeux.

— C'est ce qui arrive aux enfants qui essayent de s'échapper. Comme ça, les autres enfants ça les décourage de tenter quoi que ce soit.

— Je sais. Mais je veux pas rester tout le temps ici.

— Allez, j'entends la cloche. Rentre vite, c'est l'heure de la soupe !

Je pars en courant. J'ai trop peur d'être punie si je manque quand ils comptent les enfants du groupe 4. Je sens déjà mes joues brûler. Mais ce qui serait pire c'est de recevoir des fessées, le short baissé, comme m'a raconté Pablo en parlant de son oncle. Plus jamais il parlera à son oncle !

Dans ma tête, je sais que je vais pas rester à l'orphelinat jusqu'à quatorze ans. Personne sait que je suis une fille. Je pourrai pas le cacher si longtemps. Pour le moment, les autres se rendent compte de rien. On nous lave avec un grand jet d'eau. Personne n'enlève son short. Quand on me donne un short propre, je me cache pour m'habiller. Et on est tellement nombreux de toute façon. Une vraie volière la salle du lavage en groupe ! Les plus petits hurlent parce que les grands les bousculent. D'autres n'aiment pas l'eau froide. Certains ont peur du jet. Il y a ceux qui voudraient toute l'eau pour eux. C'est jamais calme. Les surveillants s'énervent et ça finit en général très mal. On est tous punis. En rang et une gifle à chacun. J'aimerais bien être un oiseau et monter dans le ciel. Peut-être je rattraperais l'avion là-haut. Ou je me mettrais sur son aile, comme ça, je ne serais pas fatiguée. Me laisser porter. Très haut, très haut.

— Dis, toi là-bas, tu arrêtes de rêver. Les autres sont sortis.

— Moi ?

— Oui ! Dépêche-toi sinon ça ira mal !

Il faut obéir, toujours obéir. Rien décider. Le groupe, toujours le groupe. Groupe 4. Un... deux... trois... quatre ! Je sais compter jusqu'à quatre maintenant. Mais quatorze ? Comment on fait ? Je demanderai à Manuel. Il me montrera. Quand je m'enfuirai, s'ils me trouvent, ils ne sauront pas que je suis l'enfant qui s'est sauvé. Ils croient tous que je suis un garçon. Il faut que je continue à le leur faire croire. Oui, c'est la solution. Je dois amadouer Manuel. Il entasse des cageots, des caisses vides certains jours, avant de ramasser les pommes de terre. S'il les met contre le mur qui longe la rue, je peux grimper dessus et atteindre le haut du mur. C'est déjà arrivé que des enfants grimpent sur des cageots oubliés près du mur. C'est la seule personne qui peut m'aider. D'ailleurs, il m'aime bien. Alors souvent je l'aide dans le jardin.

Elles sont solides les caisses. Ça doit pas être trop risqué de monter dessus. J'y arriverai ! Moi aussi ! Il faut que je grimpe sur le tas. Que j'escalade sans tomber. Mes poignets sont guéris depuis longtemps. Le gauche craque un peu. C'est pas grave. J'aime toujours les ananas. On en mange pas souvent ici. C'est presque tous les jours des bananes. L'autre jour à table, un enfant en a caché une dans sa poche. Il disait à son voisin qu'il gardait de la nourriture pour le jour où il s'enfuirait. Alors un enfant plus grand lui a parlé du cimetière où on jette les enfants qui s'enfuient. D'ailleurs Georgio, le plus grand du dortoir, il est pas revenu depuis plusieurs jours. Disparu ! Est-ce qu'il a été jeté au cimetière aussi ? Les adultes en parlent de cette grande poubelle en plein air. On y trouve de tout, des chiens morts, des rats, morts et vivants, et même des enfants morts. Ça fait peur ! La nuit j'y repense.

L'autre matin, Enrique et Pablo ont été surpris en train de faire brûler du papier dans le fond du jardin. Ils voulaient enflammer une grosse fourmilière. Le surveillant a été pris d'une énorme colère. Je l'avais jamais vu dans cet état ! Il les a frappés, leur a demandé d'où ils tenaient les allumettes. Ils ont dit que c'est le nouveau garçon du groupe qui les a volées à la cuisine. D'ailleurs, il suffit d'aller voir sous son matelas. Du coup il nous a tous fait monter au dortoir pour qu'on soulève nos matelas. Aucune allumette. Mais on a quand même été tous giflés et obligés de rester jusqu'au soir dans le dortoir.

La fois d'avant, c'était Rodrigo qui s'était fait prendre avec des allumettes et une bougie. Comme j'étais là, j'ai dit qu'il voulait allumer une bougie et la mettre aux pieds de la statue de la vierge. La vierge noire qui est dans la niche en haut de l'escalier. Comme ça, peut-être sa mère viendrait le rechercher. Je sais qu'il y a des gens qui font ça. Quand ils veulent que quelqu'un revienne. La punition a été moins forte. Mais on lui a pris la bougie. Et les allumettes. Et on a tous eu qu'une cuiller de soupe au dîner.

Aujourd'hui c'est encore Rodrigo qui nous fait punir. Il s'est battu avec deux garçons qui se moquaient de lui. Comme il est du groupe 4, on est tous punis. C'est pas juste. Pourquoi je dois subir la punition ? Ils n'ont qu'à punir les trois garçons. Je les déteste tous. C'est pénible parce que le surveillant cette fois nous frappe à tour de rôle sur les doigts et on peut pas y échapper. J'en pleure, tellement j'ai mal. Il faut que Manuel m'aide. Ça peut plus durer !

Quelques jours plus tard, j'aide le vieux jardinier à déterrer des pommes de terre. Il retourne les mottes et moi je les ramasse. Certaines pommes de terre sont rondes comme des billes. Enrique l'autre jour en avait plein les poches. Il visait les oiseaux avec. Ses copains trouvaient ça drôle. Mais quand le surveillant l'a attrapé et lui a donné deux gifles, plus personne ne riait. Manuel me montre les deux cageots où mettre les grosses pommes de terre et les moyennes. On est que tous les deux.

— Dis, Manuel, j'en peux plus d'être ici !

— Je sais, mon petit, tu es un bon garçon, c'est pas facile. Mais il faut supporter. Tu vas grandir.

— C'est trop injuste ! J'ai très mal aux doigts, j'avais rien fait ! J'ai pleuré pendant deux jours.

— Ça va aller mieux ! C'est dur, je sais, mais je peux pas t'aider à partir.

— Mais si, je t'en supplie. Le soir tu ranges les caisses tout près du mur.

— Je peux pas faire ça, j'ai pas le droit.

— Tu diras que t'avais pas fait attention qu'elles étaient près du mur.

— On me croira pas !

— Mais si !

— Si le directeur s'aperçoit que j'ai aidé un enfant à s'enfuir, ce sera terrible pour moi !

— Je te promets que si on me prend, jamais je reviendrai ici ! Jamais !

— Comment peux-tu savoir ?

— Jamais je parlerai de toi.

— Ce n'est pas possible ! Je suis désolé !

— Regarde ! Je vais te montrer quelque chose.

D'un geste décidé je descends mon short et Manuel me regarde avec des yeux ébahis.

— Comment tu as pu cacher ça ?

— Personne ne sait !

— C'est incroyable !

— Je te jure que si tu m'aides, je vais jamais parler de toi ! C'est une promesse !

En voyant l'expression de Manuel, je comprends qu'il a enfin décidé de m'apporter son aide. Il sait que je le trahirai jamais. Et si on me rattrape, je pourrai leur prouver que je suis pas le garçon qu'ils cherchent.

Tous les soirs avant l'heure du coucher, je regarde s'il y a des caisses et des cageots empilés près du grand mur. C'est pas tous les jours que

Manuel manipule des cageots. Mais au moins une fois par semaine, il a besoin de vider ou de remplir des caisses de bulbes, de graines, de légumes. Tout dépend des plantations.

Je pense plus qu'à ça. Ne pas rater le soir qui sera favorable et surtout rien laisser paraître. Je guette. J'observe. Je surveille. Rien ! Jusqu'au soir où, enfin, il a pu faire le geste qui me sauvera. Quand tout le monde dormira, je sortirai sans bruit. On dîne, on se couche. Les enfants du groupe 2 sont en pleurs. Encore punis ! Il y a des gros durs parmi eux. Tous les deux jours au moins, l'un d'eux fait une bêtise. Quelle prison ici ! J'épie les bruits. J'attends. Il faut aussi que les adultes soient endormis. Soyons patients. Les heures passent. Je me glisse hors de mon lit. Me dirige en silence vers l'escalier. Aucun bruit. Vite dehors. Je contourne le bâtiment. File vers le jardin potager. J'ai très peur. Mais c'est ma seule chance. Je dépasse le potager. Voilà, les caisses sont encore empilées près du mur. Deux autres enfants sont déjà là ! Mon Dieu ! Eux aussi ont repéré le tas de cageots. Ils me voient et sont furieux.

— Qu'est-ce que tu fais là ?

— Va-t'en ! Retourne te coucher !

— Laissez-moi !

— Va-t'en, on te dit !

Tout en disant cela, le premier garçon commence à escalader tant bien que mal. Pas facile de garder l'équilibre. J'attends qu'il grimpe. Le regarde avec le cœur qui bat très vite. Bientôt mon tour... Il arrive en haut du mur, tend la main et se met à crier en retombant vers l'intérieur. Sa main est couverte de sang. Le dessus du mur n'est qu'une rangée de morceaux de verre qui dépassent. Je sais à quoi m'attendre, maintenant !

Heureusement que je suis pas montée la première. Je me répète que je vais y arriver. Je vais pas avoir mal. Je vais franchir ce mur. C'est ma seule chance cette nuit. Continue. Grimpe. Le pied gauche. Le droit. Agrippe cette caisse. Encore plus haut. La main sur le mur. L'autre main. J'ai pas mal. Le verre fait pas mal. Je peux passer. Je vais le faire. Tout va bien. Le ventre maintenant. Je vais y arriver. Je suis à plat ventre sur le mur. J'ai le vertige. C'est horrible. Autant mourir ! Ne pas tomber dedans. Tomber de l'autre côté. Vers la rue. Mon ventre se déchire. Comme si on me griffait. Je continue à me dire que je sens rien. C'est mieux de tomber de l'autre côté. Je ferme les yeux et me laisse tomber de l'autre côté. Dans la rue.

Mes mains brûlent. Ma tête tourne. Tout est bizarre. J'ai mal partout. Je suis comme déchirée. Je crois que je vais mourir. Je pense alors qu'il faut nager. Sortir de l'eau. Aller vers la plage. Ne pas me noyer. Mon ventre est tout mouillé. Mes mains aussi. Un liquide chaud. Vite nager hors de l'eau. En fait, je rampe sur le sol. À moitié morte.

Peut-être que je roule. Combien de temps s'écoule ? Des voix me sortent de ma torpeur. Des personnes parlent tout près de moi. Comme dans un rêve. Je suis coincée entre un petit muret et des buissons. Rester cachée. Qu'on me voie pas. Les paroles deviennent plus claires.

— C'est ici ! Il est là !

— Combien sont passés ?

— Regardez tout ce sang !

En ouvrant mieux les yeux, je vois l'autre garçon, tout près de moi. Il m'a suivie. Il a grimpé après moi. Lui aussi est blessé. Des gens se penchent sur lui. Il y a beaucoup d'effervescence. Personne me voit. Il fait à peine jour.

— Son ventre saigne beaucoup…

— Regardez, c'est son T-shirt sur le mur. Il est resté accroché.

— C'est bien lui alors. Il est à moitié nu !

— Est-ce qu'il est seul ?

— Ils étaient deux ? Trois ?

— Sans doute deux. L'autre est retombé de l'autre côté.

— Alors on a les deux ?

— On va recompter chaque groupe ! Voir s'il en manque.

Et moi, pendant ce temps, je prie le bon Dieu pour la première fois. Et le vieux jardinier ? Que va-t-il lui arriver ? Ils vont vouloir nous questionner. Que vais-je dire ? J'ai juré de ne rien dire ! Ils vont me voir, c'est sûr !

Ils récupèrent le garçon de l'autre côté du buisson et l'emmènent. Il se débat en pleurant. Les voix s'éloignent. J'attends un très long moment. La tête me résonne fortement. Je ne réalise que plus tard que je dois ma liberté à ce garçon. Sans les traces de sang qui ont mené jusqu'à lui, ils m'auraient très vite retrouvée avec les traces de mon sang. La chance était avec moi cette fois-là.

Depuis combien d'heures je suis là ? Le jour s'est levé. Plus de bruit de voix. Rester sans bouger. Surtout qu'on ne me retrouve pas. Mon cœur bat fort. Mes mains brûlent. Mon ventre n'est qu'une plaie qui saigne. Partir d'ici. Il faut que je m'éloigne. Maintenant ils auront compté les enfants dans chaque groupe et ils auront vu qu'il en manque un dans le groupe 4. La tête me tourne quand je me mets debout. Tout ce sang ! Pour l'arrêter de couler, je ramasse un peu de sable par terre près du buisson où je me trouve et j'en recouvre mon ventre. Il faut que je change de vêtements. Les miens sont tous tachés et sales. On me poserait des questions. Ils me ramèneraient à l'orphelinat. Tout sauf ça !

Je commence à marcher en laissant le mur de l'orphelinat derrière moi. J'accélère le pas, change de rue plusieurs fois. Du linge sèche dans les jardins à l'arrière des maisons. Je rentre facilement dans un des jardins et prends de quoi m'habiller. Un peu plus loin, au coin d'une rue, une poubelle reçoit mes vêtements déchirés et pleins de sang mêlé à du sable. Il faut que je m'éloigne encore, même si tout ce quartier m'est étranger. On sortait jamais de cet orphelinat. Ils avaient trop peur de nous perdre. Et on était tellement nombreux. Les surveillants avaient assez de mal comme ça à faire régner la discipline. Le grand jardin suffisait pour nous faire prendre l'air. Et l'immense mur nous protégeait de l'extérieur… Je savais plus rien de ce qui se passait dehors.

Cela me fait drôle de voir toutes ces voitures, d'entendre le vacarme que font les moteurs. Tiens, les taxis jaunes ! Quand je serai grande, j'en prendrai un. J'adore le jaune. Le soleil… La plage… Quel bus va vers la plage ? J'ai mal à la tête. C'est dur de réfléchir. Ah, si ! Je me souviens. C'est un bus vert et blanc. Quand je vivais près de la plage, il y avait toujours un autobus vert et blanc stationné devant le marché. Tous les bus vert et blanc doivent aller vers la plage ! Il faut que je retrouve la mer. Là-bas, on me connaît. C'est un peu ma maison d'accueil. Des visages me sont familiers. Il y a la marchande de tomates et puis celle qui vend des œufs.

Dans l'interminable rue que je longe, plusieurs bus vert et blanc passent. Je me hisse dans l'un d'eux, au hasard. Par l'arrière. Qu'on ne me repère pas. Je n'ai pas de ticket. Beaucoup d'enfants ici montent dans les autobus et redescendent sans qu'on leur dise rien. ! Le bus roule longtemps, très longtemps. Là ! Je connais par ici ! Cette rue, et ce carrefour avec ses grands panneaux étranges, je les ai déjà vus. Je me revois avec ma mère et ma sœur. Et si ma mère revenait ici ? Je sors du bus. Je suis à nouveau sur un trottoir que je connais. Je regarde de tous les côtés possibles. J'observe chaque passant. Avec un peu de chance, peut-être que ma mère va surgir par là. Ou bien un de mes frères. Ou ma grande sœur. Peut-être une voisine. Tiens la dame, là... si c'était elle ? Non ! Et celle qui vient de ce côté ? Non plus ! Pas de chance. Aucun visage familier. Toutes ces femmes, tous ces enfants que je croise, je les ai jamais vus ! Je suis moi, rien que moi, toute seule et perdue. Envie de pleurer. Souffrante et fatiguée. Il est tard. Je verrai demain pour chercher la plage et retrouver mon marché. Je prendrai un bus vert et blanc dans l'autre sens. Aujourd'hui, j'ai dû me tromper. Pour l'instant, cherchons un endroit où dormir, à l'écart de la rue. Un lieu où je me sente un peu plus en sécurité.

Continuons à avancer. Que d'odeurs différentes ! J'avais oublié. Quel mélange ! Là, je sens une odeur de pain. Il y a une grande boulangerie devant moi. J'entre. Plusieurs personnes servent le pain aux clients. L'une d'entre elles me paraît plus souriante.

— Qu'est-ce que tu veux, mon garçon ?

— Rien qu'un bout de pain, s'il vous plaît !

— Tiens !

— J'ai très mal à la tête ! Je peux avoir un peu d'eau ?

La vendeuse s'approche de moi, met sa main sur mon front.

— Mais tu as de la fièvre ! Où habites-tu ?

— Tout près. Mais ma mère n'est pas à la maison. Elle part travailler la semaine. Je suis seul avec ma sœur.

— Elle revient quand ?

— Je sais pas. Que le dimanche ! Elle travaille très loin.

— Tu ne peux pas rester comme ça !

— J'ai très mal !

— Attends, je vais te chercher de l'eau et un médicament.

Elle revient peu après avec un verre d'eau et me fait avaler un cachet. Une autre vendeuse est intriguée et commence à me poser des questions.

— Comment tu t'appelles ? Tu habites où ?

— Pas loin ! Au bout de la rue...

Je sais vraiment pas quoi répondre. Il faut dire que ma tête est prête à exploser. Je dis que je vais aller me reposer un peu plus loin, sous un arbre. Avant de repartir, la première vendeuse me donne un grand morceau de pain. Je la remercie du mieux que je peux en esquissant un sourire et pars m'asseoir sous un grand arbre. Je somnole un petit moment. Quand je commence à me sentir un peu moins fiévreuse, je grignote la moitié du morceau de pain, petit bout par petit bout. Je mangerai le reste plus tard.

D'ailleurs, j'ai pas très faim. La chaleur m'accable. Les gens qui passent me remarquent pas. Je reste assise sous un arbre à regarder les voitures rouler, freiner, repartir. Et les mobylettes, surtout, et les motos.... Ça fait rêver les petits garçons. Heureusement que personne ne fait attention à moi ! C'est comme si j'appartenais à ce quartier. Me voilà un peu rassurée. À la fois seule et pas vraiment perdue.

Comme ça va mieux, je reprends ma marche le long de la rue et débouche sur un grand boulevard. Il y a beaucoup d'arbres et la chaleur se fait plus douce. Ou bien est-ce le cachet qui me la rend moins insupportable ? En marchant, je passe devant un dépôt d'autobus. J'observe le manège des autobus qui sortent et rentrent. C'est bruyant et fascinant à la fois. Demain, j'en prendrai un vert et blanc, c'est sûr. Le grand gris qui accélère devant mes yeux a une drôle de photo d'avion sur le côté. À éviter ! Il doit aller à l'aéroport et donc pas loin de l'orphelinat. Mais pour la mer, lequel prendre ? Je sais ! Un bus avec une photo du Pain de Sucre ! Il paraît qu'il y a la mer tout autour. Alors la plage doit être à côté. La première fois que j'ai entendu parler du Pain de Sucre c'était par deux frères à l'orphelinat. Je me disais qu'ils en avaient de la chance. Avant d'arriver à l'orphelinat, ils vendaient des cigarettes près du Pain de Sucre. Moi je savais qu'il existe des arbres à pain. Ces gros fruits verts à piquants qu'on trouve au marché. Peut-être que certains arbres à pain en ont des très sucrés. Quand j'ai demandé à Jason, le plus grand des frères, s'il avait goûté au pain de sucre, il est parti d'un grand rire et s'est moqué de moi.

— Mais c'est un rocher, le Pain de Sucre ! C'est tellement haut qu'il y a une cabine qui monte au sommet. De là-haut on voit la mer très loin. Tous les touristes veulent y monter. Nous, on leur vend des cigarettes, et parfois on leur vole des pièces !

Le soleil baisse dans le ciel. Il commence à faire sombre. J'attends que les autobus rentrent les uns après les autres au dépôt. Les chauffeurs sortent à pied ou à bicyclette. Certains en mobylette. J'observe tout ce manège de l'autre côté du boulevard. Un grand chien roux entre et sort. Il a dû dormir tout l'après-midi pour être aussi agité. Il me voit et me rejoint, tourne autour de moi nerveusement. Je lui donne le morceau de pain que j'ai pas fini. Il se laisse caresser puis repart vers le dépôt. Quand tous les autobus sont rentrés, un gardien vient fermer la grille, avec le chien à l'intérieur et va s'asseoir près d'un abri en tôle. Tout est devenu calme. Il n'y a plus de passants sur le boulevard. Alors je traverse et longe le mur du dépôt pour trouver un endroit où je pourrai grimper et franchir ce mur. Il est beaucoup moins haut que l'autre mur ! Et il n'y a pas de verre au-dessus. Avec les arbres qui le bordent je trouve une ou deux branches qui m'aident à grimper et passer par-dessus. C'est pas difficile ! Ouf ! Je saute de l'autre côté. Personne ne m'a vue. Ni entendue. Mais le chien m'a sentie et il vient vers moi.

— Ami, ami ! Gentil ! Tu me reconnais ?

Un coup de langue me répond. Ma main effleure le poil tout roux et tout doux de cet animal qui m'arrive à la taille et m'impressionne. Sa langue alors commence à lécher ma main toute meurtrie et je sens la brûlure me piquer puis s'estomper peu à peu. Je tends l'autre main en parlant doucement :

— Il était bon le pain ? Gentil ! Sois gentil !

Je tapote l'animal qui remue. Il se calme. J'ai sommeil. Où me mettre ? Je vois un endroit qui peut faire l'affaire. Où je peux me blottir. On ne me trouvera pas. C'est un coin qui peut me servir de nid. Derrière le grand garage qui abrite les autobus. Coincé entre le mur et un vieil autobus tout rouillé auquel il manque les pneus. Il doit être là depuis très longtemps car les plantes ont poussé tout autour. Je m'allonge enfin et le chien se couche contre moi. Je m'endors apaisée contre sa chaleur rassurante. C'est doux. J'en peux plus de fatigue. Et en même temps, je suis fière de moi. D'avoir réussi à m'enfuir enfin. J'en ai tellement rêvé ! Des jours et des nuits ! C'est comme si une grande force s'était emparée de moi et n'allait plus me quitter.

Il fait à peine jour. Le moteur d'un autobus me sort de mon sommeil. Il faut vite que je parte d'ici avant d'être repérée. Ma blessure me brûle tout le ventre. Ça fait très mal. Mes mains sont endolories. Vite ! Je franchis le mur. Je m'assois sur le trottoir pour attendre qu'il fasse moins sombre. C'est pas rassurant d'y voir à peine. Malgré tout j'ai le cœur léger ! Je suis redevenue une enfant des rues. Libre ! Ma vie m'appartient. Je ne veux plus pleurer. Je veux vivre. Je ne vais compter que sur moi. La grille du dépôt a été ouverte et les autobus sortent les uns après les autres, dans un rugissement régulier. Je les compte par quatre. Deux bleus, un vert, un orange. Trois verts, un bleu. Jamais quatre de la même couleur ! Puis le mouvement ralentit. La circulation devient plus dense sur le boulevard. Les gens partent travailler.

On commence à y voir un peu plus clair. Je me mets debout et marche au hasard. Mes pas me conduisent à la boulangerie d'hier. Éviter à tout prix la vendeuse qui pose trop de questions. D'ailleurs elle n'est pas là ce matin. Il y a un autre vendeur. Ce doit être une boulangerie importante pour qu'il y ait tant d'employés différents. Le vendeur me donne du pain. Je l'emporte pour aller le manger plus loin. Je marche tout droit. Puis je change de rue. La ville s'éveille. Dans la rue se succèdent des maisons aux formes et aux couleurs variées. Avec sa façade verte et jaune et sa terrasse fleurie, une maison attire tout particulièrement mon attention. Je la trouve plus jolie que les autres et mon regard s'attarde à la détailler. Comme il y a un petit rebord en ciment sur le trottoir d'en face, je décide de m'asseoir et d'y manger mon bout de pain. Mon esprit vagabonde tandis que mon estomac est vite rassasié. Ombres et soleil font des formes changeantes sur la façade. Des reflets gris, blancs et bleus glissent sur les vitres comme des vagues sur la mer. Suis-je vraiment réveillée ? Ou est-ce un songe dont je vais m'échapper en sursautant ? Mes mains écorchées me prouvent que je suis dans la réalité. C'est agréable de contempler une jolie maison !

Tous les jours, je reviens manger mon morceau de pain sur le même rebord en ciment, car cette maison me plaît. Tous les soirs je repars dormir dans le dépôt d'autobus. Personne ne m'a vue franchir le mur à la nuit tombée, ni repasser par-dessus ce mur très tôt le matin avant que les chauffeurs ne reprennent leur travail. Et chaque soir je garde un petit bout de pain pour le chien qui est devenu le compagnon de mes nuits. Finalement, j'en oublie la plage.

À la boulangerie on s'habitue à me voir. J'y reviens tous les matins et souvent l'après-midi. Ce ne sont pas les mêmes vendeurs le matin et l'après-midi. Il y a toujours quelqu'un qui me donne du pain et un verre d'eau. Je m'en contente. Il faut dire que je suis restée timide et j'ose pas réclamer autre chose. J'ai peur de la réaction des gens. Il vaut mieux que je reste sur mes gardes. Quand c'est possible, j'évite la personne qui pose trop de questions. Parfois j'ai tellement faim que j'ai pas le choix.

— Tu n'as rien à manger dans ta maison ?

— Si, mais j'aime pas la nourriture que fait ma mère. Je préfère le pain !

— Tu as des frères et sœurs ?

— Plusieurs ! Ma sœur aide les plus petits. Elle reste à la maison, parce que ma mère est tout le temps partie.

Un jour, la même vendeuse me demande si j'ai pas besoin d'habits. Elle a remarqué que je suis sale. J'ai pas pris de douche depuis que je suis sortie de l'orphelinat. Les blessures de mon ventre sont recouvertes d'une croûte très dure, très sombre. J'ai peur de me mouiller le ventre. Il pourrait ressaigner. Le lendemain, cette personne me donne quelques habits pour moi et ma famille. Elle propose même de me raccompagner chez moi. J'ai du mal à la persuader que c'est pas nécessaire. J'aime mieux rentrer seule. En retournant vers le dépôt d'autobus devenu mon refuge, je jette dans une poubelle les vêtements qui ont l'air trop petits ou qui sont pour fille. Dans l'endroit où je dors, j'ai trouvé une cachette pour cacher les vêtements que je garde pour moi. Quand ce que je porte est trop sale, je le mets à la poubelle et je puise dans mes réserves !

Chaque jour ressemble au précédent. Je sors du dépôt, vais à la boulangerie, mange mon pain au même endroit, devant la maison verte et jaune. C'est rassurant. J'ai mes habitudes. Le chien aussi m'attend tous les soirs ! C'est vraiment un bon ami ! Ma vie est devenue scandée par ces rites quotidiens. Pas seulement ma vie à vrai dire. Tous les matins à la même heure, une dame d'un certain âge sort de la maison et balaie le trottoir devant sa maison. À cet endroit c'est un carrelage très coloré. Elle le rince ensuite à grande eau, car elle semble aimer que ce soit beau devant chez elle. Quand je mange mon pain en face, je sais qu'elle va sortir. J'aime bien la voir s'activer. Jamais elle s'interrompt pour parler aux passants. Rien ne compte que ses carreaux qui doivent briller comme s'ils étaient neufs. Alors seulement, tout est dans l'ordre et sa journée peut se dérouler.

Quelle catastrophe le matin où son pied glisse, et c'est la chute ! J'accours vers elle et l'aide à se relever. Comme elle s'est fait mal à la cheville, je propose de finir de rincer le bout de trottoir. Elle me remercie, sans faire vraiment attention à moi. Je m'applique à bien rincer les jolis carreaux. Le lendemain, elle me voit assise de l'autre côté de la rue. Elle s'était jamais rendu compte que j'étais là à l'observer tous les matins !

— Bonjour, petit ! Tu es encore là ?

— Oui ! Je peux vous aider ?

— Si tu veux !

— J'arrive !

Et plusieurs jours de suite je l'aide ainsi. Elle s'habitue à moi. Je trouve amusant de verser l'eau sans glisser.

— Comment s'appelle ta mère ?

— Sandra !

— Et ton père ?

— Je sais pas ! Il habite pas chez ma mère. Il est parti il y a longtemps.

— Tu veux m'aider dans le jardin ?

— Oui, madame !

— J'ai un peu mal au dos, mais j'aime que ce soit beau devant ma maison. Tu peux ramasser les feuilles qui sont mortes. Je vais te montrer !

Tous les matins maintenant, je viens aider la dame à entretenir le bout de jardin entre la terrasse et le trottoir. Elle me donne à boire, me donne parfois un gâteau ou un bonbon. Elle n'est pas très souriante ni aimable, mais j'aime lui rendre service. Cela m'occupe.

— Tu habites où ? me demande-t-elle un jour.

— Tout au bout de la rue. C'est assez loin.

— Où sont tes parents ?

— Mon père est parti et ma mère travaille toute la journée.

— Elle sait que tu es ici ?

— Oui ! Elle a pas beaucoup de temps pour s'occuper de moi.

— Elle a d'autres enfants ?

— Oui ! J'ai deux frères et deux sœurs. Mes sœurs sont à la maison.

— Je vais te donner du riz pour ta famille.

— Merci, madame. Ils seront très contents !

— Et puis tiens, prends aussi ce paquet de sucre !

En repartant vers mon dépôt d'autobus, je me demande ce que je peux faire avec le paquet de riz. Je ne pense pas l'échanger contre quelques cruzeiros. Je ne connais pas vraiment l'argent. À qui demander d'ailleurs ? Avant l'orphelinat je me nourrissais avec ce qu'on me donnait. Pas besoin d'acheter. J'étais petite. Les autres enfants devaient souvent donner des pièces à leur grand frère ou à leur mère. Ils avaient peur que je les vole. C'est pour ça que je n'arrivais pas à me faire des amis. Ce paquet de riz, c'est sûr que je ne vais pas le manger !

Mais c'est à moi. Je le serre avec le paquet de sucre comme un trésor précieux qu'il faut pas lâcher. Je m'assois près de mon grand mur en attendant que la nuit tombe. Dans ma poche, j'ai aussi un petit bout de pain pour le chien. J'ai toujours quelque chose pour lui. Il fait nuit maintenant. Je peux rejoindre l'endroit où je dors. Alors je pose bien à plat les deux paquets et les recouvre de mon bandana jaune. Ça me fait un oreiller un peu dur, mais un oreiller quand même.

Le lendemain, j'oublie pas de dire à la dame que ma mère est très contente et la remercie. Comme je continue à l'aider dans le jardin, elle continue à me donner de la nourriture. Un jour, c'est un paquet de café, une autre fois un kilo de sucre, trois jours après un paquet de farine. J'aimerais mieux un paquet de gâteaux, mais je n'ose rien dire. Alors je dis toujours merci et je repars avec ce qu'elle me donne. Mon oreiller est suffisamment grand maintenant. Le matin, avant de quitter mon refuge, je le cache dans une trappe que j'ai trouvée tout près de l'autobus rouillé. Il y a aussi les habits qu'on m'a donnés. C'est pas la peine que je rapporte encore ce paquet de riz qu'elle vient de me donner. Ça deviendrait encombrant à la fin. Alors en marchant, je décide soudain de le poser devant la porte d'une maison qui a l'air pauvre. Ils en feront sûrement quelque chose.

Quand la dame me donne un fruit, je l'avale dès que je pars. J'essaie de lui dire que j'aime beaucoup mieux les fruits et les gâteaux que les pâtes ou le café. Mais elle continue à me donner de la nourriture à remettre à ma mère. En chemin, je dépose donc le paquet de farine ou de pâtes devant une porte, jamais la même. J'imagine la tête de la personne qui en ouvrant sa porte trouve de la nourriture. Un paquet entier ! Si elle croit pas aux miracles après ça !

À la boulangerie, on commence à me connaître. On me prend pour un gentil garçon. Mais une des voisines qui vient souvent passer le temps à la boulangerie trouve que mes cheveux sont fort longs et sales.

— Tu en as une tignasse ! Mon Dieu, comment est-ce possible ?

— Oui, comment peut-on négliger ses enfants à ce point ?

Comme je réponds que ma mère n'a pas le temps de me les couper, elle va chercher une paire de ciseaux chez elle et entreprend de me les couper très court.

— Elles font des enfants et elles, après, elles ne s'en occupent pas !

— Cet enfant est livré à lui-même. On voit bien que c'est pas sa faute s'il est sale !

Le travail fini, toutes les vendeuses sont d'accord pour dire que ça me va bien mieux. N'ayant rien pour me coiffer, je suis ravie du changement ! Pour me laver les mains et les pieds, c'est plus facile depuis que j'aide dans le jardin. Il y a un robinet dehors et je me gêne pas pour me laver avant de repartir. Quant à mon ventre, je l'ai pas mouillé pendant des jours, pendant plus d'une semaine sans doute. Le sable a aidé mes plaies à guérir. Quand les croûtes sont tombées, la peau était toute rose. J'ai moins de cicatrices que sur mes mains. Il restera toujours des traces de mon escalade par-dessus le grand mur de l'orphelinat.

Samedi après-midi. Il fait très chaud. Des cloches qui sonnent avec insistance attirent mon attention. Je connais un peu mieux ce quartier maintenant. Parfois je m'aventure dans des rues nouvelles. Des passants se dirigent vers la place de l'église qui fait sonner ses cloches. Beaucoup de voitures. Toutes brillantes et propres. Des rubans et des fleurs sur certaines. Quelle agitation ! Il se passe quelque chose ! Des enfants courent à droite et à gauche. Des gens attendent, se saluent, s'embrassent, parlent fort. Entre deux claquements de portières, des hommes sortent, guettent. Arrive alors dans un brouhaha étourdissant une grande voiture noire décorée comme un paquet. Elle s'arrête devant l'église. Une belle jeune femme vêtue de blanc en sort. Un bouquet dans une main et un grand voile rassemblé dans l'autre. Elle est entourée d'une foule très bruyante. De tous les âges. Des gens bien habillés qui se sourient, s'embrassent, échangent des poignées de main ou des tapes sur l'épaule. Beaucoup de robes blanches et des dentelles. Des petites filles avec des rubans dans les cheveux.

Les portes de l'église s'ouvrent et la foule est aspirée à l'intérieur. Je suis un petit groupe de garçons tout excités qui se bousculent en franchissant les portes. Je fais comme eux et m'assois sur un grand banc. Il fait frais. La musique est gaie. Cela sent bon. Un mélange de cire, de fleurs et de parfums. Les gens chantent, se lèvent, s'assoient, écoutent, s'agenouillent. Toute fascinée que je suis, je les imite et personne me remarque. Je comprends pas grand-chose, mais c'est magique. Mes yeux ne quittent pas la mariée. Sa peau métis est magnifique sous son voile blanc. Je l'envie lorsque, telle une princesse, elle redescend l'allée centrale au bras de son mari. La musique est encore plus forte ! Les cloches sonnent à nouveau.

Ensuite, tout le monde sort et se dirige vers la salle juste à côté de l'église. La musique et la joie ambiante me donnent du courage et j'entre à mon tour dans cette salle. Sur une table qui n'en finit pas, des assiettes regorgent de biscuits, de fruits secs, de gâteaux et de friandises ! Tout le monde se sert. Il y a aussi des boissons de toutes sortes. Les enfants boivent du coca pendant que les plus grands s'abreuvent de bière et de cachaça. Les voix se font plus fortes, les gens rient, se félicitent à tour de rôle. Un vrai bourdonnement de ruche ! J'avale discrètement deux ou trois gâteaux puis profite de l'animation générale pour sortir avant qu'on me repère.

J'ai caché pour mon chien un petit bout de gâteau. Il n'en fait qu'une bouchée. Moi je rêve toute la nuit de grands cageots enrubannés remplis de gâteaux et de sucreries ! Ils flottent sur la mer et une vague m'empêche à chaque fois d'atteindre les gâteaux. Au réveil, je suis décidée à retourner jusqu'à l'église la prochaine fois que j'entendrai les cloches. Mais ce matin, je vais d'abord aller à la boulangerie puis j'aiderai la dame dans son jardin.

Quelques jours passent. Les cloches à nouveau ! C'est sûrement un mariage ! Mes yeux et mon ventre vont se régaler. Vite me préparer ! À côté de l'endroit où je dors, je me suis fait une cachette où je garde quelques habits. C'est un peu la fête de se faire chic !

Je choisis mon plus beau short. Avec un joli T-shirt dont j'aplatis soigneusement les plis avec mes mains. Je fais attention à ne pas les salir en franchissant le mur. Et je pars à la noce…

Samedi après samedi, ça devient une habitude. Quelquefois, il y a aussi des mariages le vendredi. Jamais je les rate. Cela me change du pain des autres jours !

J'aime le manège des voitures fleuries, des

grosses motos qui brillent ! J'admire les costumes et les robes. Les sacs et les chapeaux rigolos. C'est gai, toutes ces fleurs, ces familles qui s'embrassent. Je rentre toujours dans l'église en même temps que d'autres enfants et je fais comme si je les connaissais. J'imite leurs gestes. Je me lève, je prie, je m'assois, je chante, en pensant au buffet qui va suivre.

À la fin de la cérémonie, je suis le groupe des invités qui se presse dans la salle d'à côté. Il arrive que je me retrouve malgré moi dans la queue des personnes qui, les unes après les autres, saluent les mariés. Alors, je fais comme elles. Bien qu'un peu gênée, j'embrasse la mariée et souris à ceux qui l'entourent avant de disparaître au milieu des invités. Attendre d'abord que les grandes personnes se servent et commencent à rire et à parler plus fort. Puis goûter un des gâteaux. Il y en a de plusieurs formes et couleurs. Mes préférés sont ceux au miel. Quelle douceur ce goût qui fond lentement sur la langue ! Mes doigts collent un peu mais sentent si bon ! Il y a des enfants qui avalent d'un coup de grosses bouchées alors qu'ils sont déjà en train de s'emparer d'un autre gâteau. Moi, j'ai attendu ce moment avec beaucoup de patience et compte le faire durer. Telle une abeille, je butine d'un coin à un autre du buffet sans que personne s'en aperçoive.

— Tiens, petit ! Un jus d'ananas !

— Merci !

Je prends le verre en souriant au jeune homme qui me le tend. Il me fixe alors et demande soudain :

— Dis donc, c'est bien toi le neveu de Sofia ? Elle est belle hein ?

— Euh… Sofia… ?

— Oui, la mariée !

— Oh oui ! C'est la plus belle des mariées que j'ai jamais vues !

— Tu es le fils de son deuxième ou troisième frère ?

— De… son cousin !

— Ah bon ? Il est où ? Montre-le moi !

— Mais… il a pas pu venir. Il est en voyage !

— Tu diras à ton père que quand on a une si jolie cousine, on ne rate pas son mariage !

— D'accord ! Je lui dirai !

Ce jus d'ananas, je l'avale vite et je disparais aussitôt. Ou presque. J'oublie pas de prendre au passage un biscuit pour partager avec mon chien. Est-ce que Sofia elle aime les chiens ? En tout cas, quand elle aura des enfants, ils auront de la chance d'avoir un maman aussi belle ! On dirait une reine ! Je suis sûre qu'elle est riche. Ce doit être bien d'avoir une famille riche. Toutes ces personnes qui ont pris des photos ! J'ai jamais vu une photo de moi. Je me demande bien à quoi je ressemble en photo !

La prochaine fois, je ferai attention ! Si on s'apercevait que je suis pas invitée ! Que je suis ni d'une famille, ni de l'autre ! Sans famille ! J'aime pas qu'on me pose des questions. Mais j'aime beaucoup les mariages ! Le samedi, il y en a toujours. Quand j'entends les cloches sonner, sonner, sonner... je sais que c'est un mariage et qu'on est samedi. Ou bien vendredi. Maintenant, si quelqu'un me demande de quel côté de la famille je suis, je réponds toujours :

— Et vous, vous êtes de quelle famille ?

— Moi, de la famille de la mariée !

— Eh bien moi, je suis un cousin du marié !

C'est bien plus facile comme ça. J'aime de plus en plus les samedis. Les autres jours, en mangeant mon pain, je ferme les yeux et je me demande si la prochaine fois les gâteaux seront au sucre, à la banane ou au miel. De quelle forme aussi ? Et les biscuits salés, ils seront tout ronds ? Carrés ? Qu'est-ce que je prendrai en premier ? Je m'y vois déjà ! Sinon, c'est rare quand je mange autre chose que du pain. Mme Rosetta, comme je l'aide tous les jours dans son jardin, elle continue de me donner des paquets de nourriture pour ma famille. Hier c'était encore du riz.

— Ma mère vous dit merci pour le paquet. Elle est très contente !

— Tant mieux !

— Mais elle dit que si vous aviez des gâteaux ou quelque chose qu'on peut manger sans faire cuire, ce serait plus facile.

— Ah bon ?

— On a pas de four. La maison est toute petite. Ma mère a pas beaucoup d'argent !

— Mais le riz, c'est pas compliqué ! Il n'y a qu'à faire bouillir un peu d'eau.

— Ma mère a rien pour chauffer l'eau.

— Pourtant le riz c'est nourrissant pour les enfants !

— Moi, j'aime mieux les gâteaux !

— Allez ! Aujourd'hui, tu lui rapporteras de la farine. Elle pourra faire des gâteaux !

Et je repars cette fois avec deux sacs de farine. La petite maison pas très jolie dans la rue après le carrefour… je pense qu'ils ont pas beaucoup d'argent. Je vais laisser un paquet là ! Ou bien les deux ? Non. Le deuxième paquet, je peux le mettre là où j'ai laissé un paquet de café l'autre jour. Je fais vite. Personne me voit. Je suis comme le père Noël !

Il a beaucoup plu cette nuit. Le trottoir est tout lavé. Par endroits, il y a des traces de boue. Attention à ne pas glisser. Ne pas faire comme Mme Rosetta en rinçant son trottoir. Son jardin est en désordre aujourd'hui. Des branches ont été cassées par la pluie. Des feuilles sont tombées. Elle me montre où mettre tout ce que je ramasse. Quand il y aura un grand tas on en remplira une poubelle. Elle me laisse ensuite continuer seule parce qu'elle doit aller au marché.

Je ratisse les feuilles devant la fenêtre de la cuisine et aussi celle de la chambre de sa fille. Je la croise de temps en temps, Gabriela, quand elle revient de l'école ou part à son cours de ballet. Un peu plus grande que moi. Une dizaine d'années peut-être. Sa tresse lui arrive au niveau des fesses. Toujours un ruban de couleur différente, assorti à sa jupe. Elle doit bien en avoir plus de dix ! Elle ne sort jamais dans le jardin. Elle préfère jouer dans sa chambre. Par la fenêtre ouverte j'ai pu voir un jour qu'elle a plein de jouets. Beaucoup de poupées. Des petites surtout et quelques-unes plus grandes. Avec des tas de vêtements colorés. Qu'est-ce que j'aimerais bien en regarder une de près ! Ce doit être amusant à toucher !

Elles sont belles les trois petites filles qui marchent devant la mariée dans la longue allée de l'église. La plus petite a du mal à tenir son bouquet de fleurs bien droit. C'est qu'elle tient aussi sa poupée dans les bras, comme si c'était un bébé fragile. Mais un bébé avec des cheveux très longs et tout blonds. Ses habits sont de la même couleur bleue que la robe de la petite fille. Avec un même ruban brillant. C'est presque magique ! En la suivant, je me retrouve au premier rang. Je suis autant fascinée par la belle poupée que par la robe de la mariée qui est juste devant moi. On chante, on prie, comme d'habitude. C'est la fête qui recommence. Au bout d'un assez long moment, le prêtre se tient devant moi et me dit :

— Tu as déjà fait la communion ?

Je ne sais pas quoi répondre. Peu importe, il ne me laisse pas le temps de réfléchir

— Au nom du Père, du Fils et du Saint-Esprit, Amen ! Ouvre la bouche !

J'obéis mais je ne trouve pas cela aussi bon que les gâteaux qu'on mange dans la salle d'à côté. Un moment plus tard, je me retrouve justement devant le buffet couvert de gâteaux. Le prêtre a l'air d'aimer aussi les sucreries puisqu'il enfourne devant moi une énorme pâtisserie à la crème. Je suis nettement moins intimidée que tout à l'heure et j'ose lui poser la question qui m'intrigue depuis longtemps :

— Dites-moi, pourquoi les mariés doivent toujours signer un papier dans l'église avant de sortir ?

— Pourquoi ils signent le registre ?

— Oui !

— C'est très important ! Quand on a signé le papier, chacun des mariés est responsable de l'autre.

— C'est quoi « responsable de l'autre » ?

— On ne peut pas laisser l'autre tout seul. On doit s'en occuper toujours.

— Toujours ?

— Oui. On a promis devant Dieu. Le mariage, c'est une chose sérieuse, tu sais... Tu verras, quand tu seras grand.

Je me dis que c'est sûr, un jour je vais me marier. Comme ça mon mari sera obligé de signer et il ne pourra pas m'abandonner. Peut-être que ma mère n'a pas signé de papier à l'église pour moi et elle n'était pas obligée de me garder. C'est pour ça qu'elle a pu me laisser dans la rue un jour...

Ça fait plusieurs jours qu'il pleut tout le temps. Par moments, il tombe beaucoup d'eau et les caniveaux deviennent des petites rivières. Dans la rue, le mieux c'est de marcher pieds nus et de tenir ses chaussures à la main. On est sûr de pas les perdre et c'est agréable de sentir l'eau couler entre les doigts de pied. Les trottoirs sont un peu boueux et encore plus sales que d'habitude. Au début, toute cette eau, ça fait du bien parce qu'il faisait tellement chaud les jours d'avant. Il y avait une poussière incroyable, on avait du mal à respirer. Même les chats cherchaient l'ombre ! Mais maintenant le ciel bleu me manque. C'est comme s'il y avait de moins en moins de couleurs. Les maisons me paraissent toutes grises et sombres. C'est triste de plus pouvoir se réchauffer au soleil le matin. Et j'ai du mal à ne pas rester mouillée. Le jour c'est pas trop grave. Je mets deux T-shirts l'un sur l'autre et quelquefois un troisième. Et puis j'ai repéré tous les endroits où je peux m'abriter en attendant que la pluie se calme. La nuit c'est beaucoup plus difficile. La cachette où je dors ne sèche plus. J'avais pourtant mis des pierres mais le paquet de riz a fini par se percer. Ensuite c'est celui de sucre qui s'est répandu. C'est plus un oreiller, c'est un tas de colle ! Le chien en a léché une bonne partie. J'ai beau me blottir contre lui, j'ai de plus en plus froid au milieu de la nuit qui n'en finit pas. Comme j'envie la fille de Mme Rosetta ! Une maison, rien que pour elle et sa mère, avec un vrai lit, pas mouillé… Pas étonnant que mes yeux se remplissent de larmes ! Suis-je en train de faire un mauvais rêve ? Non ! J'entends parler au loin. Qu'est-ce qu'il se passe ? Le gardien ne vient jamais par ici. Le chien se lève d'un bond et part en courant. Il ne faudrait pas qu'on me trouve. Heureusement il fait noir. Mais j'ai très peur. Surtout ne pas faire de bruit. Le chien aboie. Une voix d'homme lui répond. Une autre voix crie. J'ai l'impression que les voix se rapprochent. Je retiens mon souffle. Qu'est-ce qui va m'arriver ? J'entends courir. Il y a une lumière qui bouge dans la nuit, se rapproche. Une silhouette passe près de moi en courant, le chien lui court après. Heureusement il m'a ignorée. J'ai du mal à respirer. J'ai presque chaud. Les cheveux collent sur mon visage. Comme c'est long. Le chien ne revient pas mais les bruits s'éloignent. À force de ne pas bouger, j'ai dû m'endormir puisqu'un bruit de moteur m'a fait sursauter. Ça sent les poils mouillés. J'ouvre les yeux.

— Tu es là, ami ! J'ai eu trop peur !

Un petit gémissement me répond.

— Vite, je dois partir d'ici ! Je te rapporterai un bout de pain. À ce soir !

Aujourd'hui la fenêtre de Gabriela est grande ouverte. Elle est dans sa chambre. Sa mère est partie. Je l'ai entendue dire qu'elle allait chez le dentiste et qu'elle savait pas si ce serait long. Je veux voir à quoi ressemble une poupée. Si je tentais maintenant ? Gabriela m'aperçoit par la fenêtre ouverte.

— Tu as beaucoup de poupées, hein ?

— Bof !

— Tout ça, c'est à toi ?

— Ouais.

— Tu aimes les poupées ?

— Plus ou moins.

— Il y en a tellement ! C'est incroyable !

— Non, c'est pas beaucoup !

— Tu joues pas avec ?

— Non, j'en ai marre des poupées. C'est toujours pareil.

Je la trouve énervante à me répondre comme ça. J'arrive pas à la croire. Une de plus ou de moins, elle sait sûrement pas combien elle en a !

— Tu peux m'en donner une ?

— Non ! Les garçons jouent pas avec ça !

— Mais c'est pour ma petite sœur. Elle a jamais eu de poupée.

— Et alors ?

— Tu peux bien m'en donner une ! Rien qu'une !

— Non, ma mère serait pas d'accord !

— Tu en as tellement ! Tu peux m'en donner une petite !

— Non ! D'abord, j'aime pas donner !

Qu'est-ce qu'elle m'agace ! Si au moins je pouvais en voir une de près.

— Dis, je peux au moins regarder comment elles sont tes poupées ?

— Oui, d'accord ! Tu peux venir voir !

Pour la première fois, j'entre dans la maison et Gabriela me laisse entrer dans sa chambre. Il y a plus de jouets que dans un magasin ! Sur le lit, sur l'étagère, par terre, sur la table, partout. C'est merveilleux ! Comment est-ce possible ? Pour une seule fille ?

— Tu peux en regarder quelques-unes. Mais pas en prendre, hein ?

— Non ! Je veux juste regarder !

— Regarde celle-là. Tu t'intéresses aux poupées, toi ?

— Non, pas du tout ! C'est ma petite

sœur qui aime les poupées. À la maison, on en a pas !

— Moi, ça m'intéresse plus !

— Mais elles sont belles !

— Tu trouves ?

— Surtout les petites !

— Toutes les petites, c'est des poupées Suzie !

— Fais voir !

J'ai les doigts qui tremblent. Tout est tellement fin. Et les cheveux sont doux, lisses… J'ai jamais rien touché d'aussi délicat !

— Elles ont toutes des cheveux comme ça ? Qui te les a données ?

— Ma mère ! Et puis ma tante Maria. Ma grand-mère aussi.

— Tu en as combien ?

— Des Suzie ? Je sais pas !

Mes mains effleurent le joli corsage rose. Comme il est minuscule ! Comment défaire cette petite pression derrière le cou ?… Ça y est ! Je vois une jolie poitrine, toute ronde. Mes deux doigts encerclent la taille. Toute fine ! Les jambes n'en finissent pas. Au bout, de minuscules souliers à talons. Bleu turquoise. Tout comme les yeux grands ouverts, maquillés comme ceux d'une star.

— Elles ont toutes une poitrine comme ça ?

— Bien sûr !

— Tu en as combien, tu m'as dit ?

— Je t'ai dit que je sais pas !

— Tu joues pas avec ?

— Pas beaucoup ! Avant oui.

— Pourquoi ?

Un bruit de porte qu'on pousse bruyamment nous interrompt. Mme Rosetta arrive furieuse et une gifle s'abat sur moi avant que je réalise.

— Qu'est-ce que tu fais là ?

— Rien, madame. Je regarde juste les poupées !

— Comment ça, rien ? Qui t'a permis d'entrer ?

— C'est elle ! J'ai rien fait ! J'ai rien pris !

— Sors immédiatement de ma maison ! Et ne vole rien !

— Je comprends pas !

— Sors ! Tu ne peux pas rester ! Va-t'en !

— Excusez-moi ! Je rentrerai plus !

En disant cela, elle me frappe, me repousse contre la porte et demande à sa fille qui dit rien :

— Dis donc, Gabriela, il a fait quelque chose avec toi ?

Pas de réponse. L'air idiot, sa fille baisse les yeux. Ne dit toujours rien.

— Il a fait quelque chose contre toi ? Raconte-moi ! Qu'est-ce que tu fais avec un garçon dans ta chambre, hein ? Tu vas répondre ?

C'est donc ça ! Elle croit que j'ai fait quelque chose de mal parce que je suis un garçon ! Elle me prend pour un lion des rues, comme on appelle les voyous de la ville. Habitués à se battre.

À être violents. Pas comme sa muette de fille. Petit caniche domestique. Et encore une gifle qui tombe en pleine figure. La poupée m'a échappé des mains. Pendant que sa fille ne dit toujours pas un mot. Hébétée, ne sait pas quoi dire !

— Qu'est-ce que tu as fait à ma fille ? Tu l'as touchée ? Réponds, voyou !

Vite réagir. Il y a danger. Pas le temps de réfléchir quand on est dans la rue. C'est trop risqué. Ça peut mal tourner. Je veux pas être frappée à nouveau. D'un geste je descends mon short.

— Qu'est-ce que tu fais ?

— Regardez ! Regardez ! Je suis une fille !... Regardez vous-même ! Vous voyez que je suis pas un garçon ! J'étais juste là à regarder une poupée. Elle m'a dit que je peux regarder ! Rien d'autre ! Demandez-lui !

La mère me regarde. Sans bouger. Stupéfaite ! Un long moment.

— Comment c'est possible ça ?... Comment tu t'appelles ?

— Mimi !

— Mais ton prénom ? Ton vrai nom ?

— C'est ça, Mimi !

— Pourquoi tu te prends pour un garçon ?

— Non. Je mets des T-shirts, mais je suis une fille !

— Tu as les cheveux courts comme un garçon !

— C'est pas ma faute !

— Pourquoi tu m'as menti ?

— J'ai pas menti ! Vous m'avez jamais demandé si je suis une fille ou un garçon !

— C'est ta faute !

— Si vous m'aviez demandé, je vous aurais dit que je suis une fille. Mais vous m'avez jamais posé la question. Donc c'est pas vrai que j'ai menti.

— Et t'habites où ?

— Je vous ai déjà dit. Tout au bout de la rue, assez loin.

— Comment je vais savoir si tu n'es pas en train de mentir ?

— C'est vrai que j'habite là-bas ! Je vous assure !

— Écoute, si tu veux rester, je veux connaître ta mère et tes frères… Tu as des frères et sœurs ?

— Oui. Je vous ai déjà dit. J'en ai plusieurs. J'ai deux grands frères et j'ai deux sœurs. Une grande et une petite.

— Et tu as une mère ?

— Oui, bien sûr j'ai une mère ! Tout le monde a une mère !

— Bon, tu peux revenir demain. Mais tu diras à ta mère que je veux la voir.

— D'accord ! Je lui dirai… quand je serai avec elle.

Je mens pas. C'est sûr que si un jour je la revois, je lui dirai. Et aussi beaucoup d'autres choses.

Mon cœur bat fort et je retiens des sanglots de révolte qui sont prêts à jaillir dans ma gorge. Maman, pourquoi m'as-tu abandonnée quand j'étais si petite ? La vie est très dure sans toi.

Je reviens donc le lendemain. Dès que j'entends le premier moteur, je me lève. Comme tous les matins. Il faut pas traîner au dépôt d'autobus. Pourtant j'ai très mal dormi. J'ai tellement pleuré hier soir. Mon ami le chien léchait mes larmes. Comme s'il me comprenait. C'est injuste d'être frappée alors que je faisais que regarder une poupée. Depuis le temps que je voulais en toucher une ! Maintenant elle sait que je suis une fille. Gabriela aussi. Peut-être qu'elle me parlera maintenant. Et me prêtera ses poupées.

La pluie commence à tomber. De plus en plus fort. Vite m'abriter sous un téléphone. En voilà un. Comme un œuf, mais tout bleu. Je vois pas pourquoi les gens appellent ça une oreille. Moi, j'ai l'impression d'être sous une grande coquille. La pluie résonne dessus. Comme des bruits de becs. Puis s'arrête. Je repars. Devant la boutique du coiffeur, j'entends de la musique. Une chanson qu'on entend souvent depuis quelques jours. « *Alessandra, Alessandra, un jour ton prince viendra !* » C'est un joli prénom Alessandra ! À un des mariages, la mariée s'appelait comme ça. Elle était tellement belle ! Son prince, c'était Pedro. Un beau jeune homme. Des yeux sombres. Un sourire si grand qu'on croyait qu'il voulait avaler toute la vie !

Quelle belle chanson ! Il ne pleut plus. Je vais pouvoir manger mon morceau de pain au soleil. Il aura goût de pain d'épice aujourd'hui ! Finalement, c'est pas mal d'être une fille.

— Bonjour, madame Rosetta.

— Ne m'appelle plus Mme Rosetta. Tu peux me dire Tia Deusa.

— Bien, madame, euh Tia Deusa.

— C'est ça !

— Et moi, appelez-moi Alessandra.

Alessandra, Alessandra, un jour…

… ton prince viendra !

— Tu as dit à ta mère que je veux la voir ?

— Pas encore, mais je vais lui dire.

— Tu vas m'aider dans la maison maintenant.

— D'accord, si vous voulez.

— Tu sais faire la vaisselle ?

— Non, pas du tout !

— Éplucher les légumes ?

— Non plus !

— Tu fais rien à la maison ?

— Non, pas grand-chose !

— Et le ménage ? Tu sais faire le ménage ?

— C'est ma sœur qui le fait.

— Et le café, tu sais le faire ?

— Non. On en boit pas souvent chez nous. C'est trop cher. Mais je peux apprendre.

— Bon, je vais te montrer. C'est pas compliqué.

J'apprends vite à faire le café. J'aime bien parce que ça sent bon dans toute la maison. Tia Deusa, elle boit beaucoup de café. Plusieurs fois le matin. Puis après le déjeuner. Et encore l'après-midi. En général elle le prend dans son hamac. Son grand hamac à rayures rouges et blanches. Dans le salon qui donne sur la cour de derrière. Là où sèche le linge. Comme elle est un peu grosse, le hamac touche presque par terre. Elle trouve pénible de nettoyer le sol, alors une des premières choses que Tia Deusa me montre, c'est comment nettoyer par terre. D'abord balayer puis laver. En fait, c'est comme pour le bout de trottoir. Je comprends vite. Tous les jours j'apprends des choses différentes et très vite je sais faire le ménage et m'occuper de la maison. Ce que je préfère c'est la vaisselle. J'ai toujours aimé l'eau. Là en plus, ça mousse. Mais quand je rince, il faut pas trop faire couler l'eau. On doit l'économiser.

J'aime bien aussi nettoyer la chambre de Gabriela. Je peux toucher les poupées Suzie pendant qu'elle est à l'école. Il faut bien les déplacer pour enlever la poussière des étagères. Et il y en a beaucoup ! Toutes, elles ont une belle poitrine ronde. J'adore y passer mes doigts. Il y a aussi de jolis cadres sur le mur. Une sainte vierge toute décorée. On dirait une mariée en robe bleue. J'aime bien aussi le petit miroir tout rond entouré de coquillages. Ils me rappellent la plage. Quand je me vois dedans, j'ai l'air d'un poisson. Surtout si j'ouvre la bouche en arrondissant les lèvres. Un poisson café au lait. Avec des yeux noirs. Ces yeux m'observent avec malice et me disent : « Jolie fille, hein ? Regarde tes cheveux. Des algues brunes ! » Alors parfois je prends le peigne de Gabriela et j'essaie de dompter les boucles qui encadrent mon visage. Quand mes cheveux seront plus longs, je serai plus jolie encore ! Et je mettrai des soutiens-gorge aussi, comme Gabriela. J'ai vu qu'elle en a deux ou trois en rangeant son linge. Il y en a un tout en dentelle, avec deux petits crochets blancs pour l'attacher. C'est amusant à plier. Je m'applique beaucoup quand je plie le linge de Gabriela. Comme si c'était à moi. Comme les T-shirts les plus beaux que je mets pour les mariages.

Ils sont très bien aplatis avant que je les cache. On dirait qu'ils ont été repassés. Dans quelque temps, Tia Deusa m'apprendra à repasser. Elle me l'a dit. Pour le moment, elle a peur que je me brûle. Et puis il y a tellement d'autres choses à apprendre dans la maison. Elle a compris que chez moi, je sais pas faire grand-chose. Et elle ose plus me demander ce que ma mère m'a appris. Aujourd'hui, il y a beaucoup de linge sec à plier et à ranger. Tia Deusa le fait avec moi, surtout que je sais pas encore très bien où tout se range.

— Alors, tu as dit à ta mère que je veux la voir ?

— Non, mais je vais lui dire.

— Je veux lui parler, tu sais. Dis-lui de venir me voir, sinon c'est moi qui irai !

— D'accord, je vais lui dire.

Mais qu'est-ce qu'elle veut lui raconter à ma mère ? Que je suis assez grande pour faire le café ? Que je ne risque rien chez elle et qu'elle m'apprend à être une bonne parfaite ? C'est vrai que je sais en faire des choses maintenant dans la maison ! Elle dit que je comprends vite ! Par contre elle se méfie de moi. Presque chaque jour elle vérifie que j'ai rien pris dans la chambre de sa fille avant de partir. Elle regarde sous mon T-shirt et dans les poches de mon short. Mais j'ai pas l'habitude de voler. Je vais pas commencer maintenant ! Quant à parler à ma mère, je vais le faire, mais quand ?

Deux ou trois semaines ont passé et j'ai évidemment pas tenu parole.

— As-tu parlé à ta mère ?

— Elle peut pas venir. Ma sœur est malade. Elle viendra une autre fois.

— Tu ne lui as pas dit, hein ?

— Attendez, je vais vous expliquer…

— Tu ne vas rien m'expliquer du tout !

— Si… Laissez-moi vous dire…

— Non !

— Écoutez…

— Je ne t'écoute pas ! Tu m'emmènes tout de suite chez ta mère !

— Comment ?

— Maintenant ! Tout de suite. On y va ! Ou bien alors, moi, je t'emmène à la police !

Je suis tentée de m'enfuir. Vite, partir très loin d'ici. Ne plus revenir. Que faire ? Elle veut savoir. Elle va comprendre. Et si elle me disait qu'elle ne veut plus de moi ? J'ai trop peur qu'elle me mette à la porte. Il vaut mieux pas qu'elle voie où j'habite ! En même temps, c'est rassurant d'être chez elle. Mon corps change. Mes seins commencent à se former. Les gens me regardent différemment. Que vais-je devenir si je traîne dans les rues à nouveau ? Cela me fait peur ! Comme je travaille toute la journée chez Tia Deusa, il faut bien qu'elle sache qui je suis. Ses amis et sa sœur me voient. Lui posent des questions. Gabriela aussi. Et puis il y a les voisins du quartier. Je suis devenue la bonne de la maison. Cela a beau être fatigant, j'aime mieux ça que rester dehors tout le temps. Et puis il y a toujours quelques restes à manger, une fois qu'elle a fini de déjeuner, avec sa fille. Depuis que j'aide dans la cuisine, j'ai goûté à toutes sortes de plats. Mon chien aussi d'ailleurs... Et j'ai plus d'appétit qu'avant. J'aurais du mal à mendier encore pour un bout de pain.

— Bon, d'accord ! On y va ! Puisque vous voulez vraiment !

— Eh bien depuis le temps... Allez, on y va !

— Je vous emmène.

— Je te suis.

Là, je peux plus échapper. Courage ! Ce serait pire d'aller à la police. Ils seraient capables de me placer dans un orphelinat ! Les grands murs à nouveau... J'en ai les jambes qui tremblent !

Et nous voilà parties. On longe les quelques rues que je connais si bien. Au bout d'un moment, nous arrivons devant le mur du dépôt d'autobus. Je m'arrête.

— Voilà, j'habite là !

— Où ça ?

— Là, derrière ce mur !

— Mais, tu me mens ! Ce n'est pas une maison, c'est un garage !

— Si, si. J'habite ici. De l'autre côté du mur.

— Eh bien, allons voir.

Je suis bien obligée de la suivre jusqu'à la grille du dépôt. Je l'avais jamais encore franchie cette grille que je voyais de loin. Le gardien lève le nez de son journal.

— Est-ce que vous connaissez cette enfant, monsieur ?

— Non, madame, je ne l'ai jamais vue !

— Elle prétend qu'elle habite ici.

— Personne n'habite ici, voyons ! C'est un dépôt d'autobus.

— Mais, je vis là quand même. Le chien, lui, me connaît !

— Le chien ? Ça m'étonnerait ! C'est un très bon chien de garde. Il aboie dès qu'il y a un inconnu.

— C'est pourtant mon ami ! Il me connaît bien !

— Tout le monde a peur d'un chien pareil. Tu ne vas pas me faire croire que c'est ton ami !

— On pourrait le voir ce chien ? demande Tia Deusa.

— C'est que... c'est un chien très féroce. Le gardien de nuit le fait sortir quand il arrive et le remet dans sa cage avant de partir le matin. C'est lui qui le nourrit.

— Et vous, vous êtes le gardien de jour ?

— Oui. Je ne m'occupe pas du chien. Il peut mordre.

— Montrez-le nous quand même.

— Il va vous effrayer !

— Pas moi ! dis-je avec assurance.

— Bon, suivez-moi. Vous verrez bien.

Le gardien nous emmène près d'un minuscule enclos grillagé à l'arrière d'un hangar. Alors qu'il semble endormi, le chien ouvre un œil, se hisse sur ses pattes et montre ses crocs en direction de Tia Deusa. Elle est peu rassurée. C'est très impressionnant. J'avais jamais vu mon grand chien roux dans cet état. J'étais loin de me douter qu'il passait toute la journée enfermé. Le pauvre ! On peut être encore plus malheureux que moi ! Je passe alors ma main dans un trou du grillage et il se met à la lécher. Je lui caresse la tête. Il se laisse faire. Et semble apaisé.

— Tu sais comment s'appelle ce chien ?

— Non, je sais pas. Moi, je l'appelle « ami ». Pas vrai, hein, « ami » ?

Quelques coups de langue en guise de réponse. On se comprend.

— Alors, Alessandra, ne me dis pas que tu habites ici !

— Je peux vous montrer où je dors. J'y ai caché des vêtements. Venez !

Tous les deux me suivent. C'est assez grand ce dépôt. On arrive près de l'autobus rouillé et sans roues. Je leur montre une trappe en ciment cachée par une grande pierre et des herbes. Bien pliés et bien enfouis, je sors un short et un T-shirt. Ils entourent des paquets de nourriture. Ensuite une belle chemise. Celle que j'ai mise samedi dernier, pour aller au mariage. Trois autres T-shirts, une petite jupe, des claquettes. Une véritable garde-robe ! Il y a aussi une vieille brosse à cheveux. Je l'avais trouvée dans la poubelle d'une maison où j'avais laissé un paquet de riz. J'étais fière de moi, ce jour-là. Mon ami aime bien que je lui brosse le cou. Il a toujours l'air d'en demander plus. Ah et puis, n'oublions pas ce bandana jaune, ma couleur préférée. C'est toujours dessus que je pose ma joue pour dormir.

Le gardien secoue la tête longuement. Totalement muet. Pas une seule fois il ne s'est douté de quelque chose. Il y a pourtant plusieurs mois que je me cache ici pour la nuit.

— Ça alors ! C'est incroyable !... Je comprends maintenant pourquoi Luck aboie rarement la nuit. Il dort tranquille.

— Comment est-ce possible ? demande Tia Deusa. Vous ne saviez pas qu'une fillette vivait là toutes les nuits ?

— Eh bien non ! Ne le dites pas surtout ! Si le patron apprenait ça !

Nous repassons pas loin de l'endroit où le chien est enfermé. Il nous regarde, l'air malheureux derrière son grillage.

— Nous ne dirons rien !

— Mais comment tu arrives ici sans te faire voir ? Tu passes par où ? Montre-nous !

— Par-dessus le mur, là-bas. C'est pas très haut. Je m'appuie sur plusieurs branches pour grimper. Pas compliqué !

— Il faut plus faire ça, hein ? Tu imagines les problèmes que je vais avoir ! Et d'abord, où sont tes parents ?

— Ma mère ?

— Tu vois que tu m'as encore menti ! Tu m'avais dit que tu avais une mère ! Et des frères et sœurs !

— J'ai une mère !... J'ai pas menti. Je sais pas où elle est !

— Comment ça tu ne sais pas ?
— Elle m'a laissée !
— Ta mère t'a abandonnée ?
— Oui !
— Où ça ?
— Sur un trottoir !
— Il y a longtemps ?
— Oui, j'avais cinq ans !

Je pleure même pas en disant ça. Pourtant, je sens qu'il faudrait peu de choses pour que les larmes remontent. Est-ce la présence du chien ? Je me sens toujours plus forte à côté de lui. Comme s'il percevait tout ce que je ressens.

— Toute seule ? À cinq ans ?
— Oui !
— Tu te rappelles l'endroit ?
— Non !
— C'était loin d'ici ?
— Je sais pas ! J'ai oublié !
— C'est impensable ! Quelle misère ! Vous vous rendez compte, monsieur, dans quel pays on vit !
— Il y a trop d'enfants partout. Les mères s'en occupent pas. En tout cas, ma petite, je ne veux plus te voir ici ! Il est hors de question que tu y passes encore la nuit !
— Où je vais dormir maintenant ?
— Tu vas venir chez moi. Dans la petite pièce à côté de la cuisine. Je vais te mettre un matelas. Ce sera toujours mieux qu'ici ! Pour le moment. En attendant de retrouver ta mère. Comment tu m'avais dit qu'elle s'appelait déjà ?

— Sandra.

— Et ton père, au fait ?

— Je sais plus !... Alberto peut-être... ou Emiliano.... Il devait venir me chercher. Sur le trottoir. Il est jamais venu !

— Ça me surprend pas ! Mais ta mère ! Comment elle a pu te laisser ? C'était dans une rue comment ?

— Je sais pas ! Il y avait beaucoup de voitures, beaucoup de bruit !

— Alors ça devait être un autre quartier. On cherchera.

— Mais comment ?

— On finira par trouver.

— Ça m'étonnerait !

— En attendant, tu vas rester chez moi.

— Vraiment ? Vous n'allez pas m'emmener à la police, hein ?

— Non, rassure-toi ! C'est promis ! On prend tes affaires et on y va !

— Je vais toujours rester dans votre maison ?

— Oui, vraiment.

— Merci, Tia Deusa.

— Tu sais, je ne peux pas me passer de toi maintenant. Tu m'aides bien !

Mon chien va me chercher partout ce soir. Est-ce que je lui manquerai autant qu'il me manquera ? C'est triste de quitter un ami ! Mais ai-je le choix ?

C'est bien vrai que Tia Deusa ne peut se passer de moi. Avec tout ce qu'il y a à faire dans une maison ! Je n'arrête pas. Du matin au soir. Je fais les lits. D'abord le mien, dans la petite pièce derrière la cuisine. J'ai un vrai matelas en mousse. Et même un drap. Comme lorsque j'étais à l'orphelinat. Mais je dors encore avec mon bandana sous la tête. Et toujours je repense à mon ami le chien. Son poil tout chaud me manque. Ses grosses pattes aussi. Il donnait des petits coups sur ma main. Et je lui attrapais le bout des pattes. Souvent il était plus rapide que moi !

Ensuite je fais le lit de Gabriela et celui de sa mère. Puis je balaie, je nettoie partout. Sans compter que tous les jours il faut laver le bout de trottoir. Sauf quand il pleut. Les voisins me connaissent maintenant. Dans la maison de droite, il y a une très vieille dame qui part tous les matins de bonne heure et revient avec un énorme paquet de linge. Chez elle, elle recoud tout ce qui est usé, elle remet des boutons, elle met des pièces aux genoux des pantalons. Je sais pas comment elle arrive à porter un paquet aussi gros ! Dans le quartier, on l'appelle « dame fardeau ». Si je suis sur le trottoir quand elle rentre, je l'aide à ouvrir sa porte.

« Merci, ma petite ! elle me dit souvent. C'est bien d'aider les vieilles femmes comme moi ! »

Le matin, il faut aussi éplucher les légumes, mettre les haricots noirs à bouillir, faire chauffer le riz. Quand il cuit, je mets la table.

C'est le moment où Gabriela revient de l'école et déjeune avec sa mère. Qu'est-ce qu'elle est difficile ! Elle aime pas grand-chose à part le riz et les desserts. Et surtout elle a horreur du poisson. Tia Deusa n'insiste jamais pour lui en faire manger, même si c'est vendredi et qu'on fait jamais de viande ce jour-la. Ce qu'elle pourrait manger à tous les repas par contre, c'est une banane écrasée et saupoudrée de sucre ou de noix de coco râpée, ou alors une tranche d'ananas si elle est découpée en forme de fleur.

Après le repas, c'est au tour de la vaisselle. Pas seulement après les repas d'ailleurs. Il y a souvent une tasse à café qui traîne par terre près du hamac. Est-ce que Tia Deusa buvait autant de café quand je ne faisais pas le travail ? Je suis sûre qu'elle lavait ses tasses elle-même. Son mari est mort il y a quelques années. Il avait une fabrique de ceintures en cuir. Il faisait aussi des sacs. Tia Deusa l'aidait chaque semaine quand il fallait livrer les ceintures dans les boutiques de la ville. C'est pour ça qu'elle en a toute une collection dans sa chambre. Et des sacs ! J'en ai jamais tant vus ! Quand elle sort, elle prend jamais le même ! Je crois que son préféré c'est quand même le tout petit sac gris qu'elle met à son bras et qui, loin de cacher son ventre, le fait paraître encore plus gros. Il fait partie de la dernière série que son mari a fabriquée.

Quand elle l'aidait pas dans ses livraisons, Tia Deusa n'avait pas besoin de travailler. Elle s'occupait de sa fille. Tout le temps ! J'ai vu une photo de Gabriela toute petite, donnant la main à sa mère, avec son petit ourson bleu sous le bras. Sur une autre photo, il y a un bébé dans une poussette. Avec un chapeau rose rigolo. Non, ce qui est rigolo plutôt, c'est que la maman a aussi un chapeau rose et qu'il lui tombe sur les yeux. Ça me fait penser à un dessin qu'on voit parfois sur les paquets de biscuits. C'est un lapin rose dont on voit surtout les dents !

Maintenant qu'elle est veuve, Tia Deusa va assez souvent à la fabrique de ceintures. Pour livrer quelques sacs et articles en cuir à différentes boutiques. Comme elle connaît bien les commerçants du quartier Santa Teresa, elle continue à y porter des articles. Un ancien ouvrier dirige l'atelier à présent. Il manque pas de travail mais les livraisons n'ont pas lieu tous les jours. Cela laisse du temps à Tia Deusa pour accompagner Gabriela à l'école le matin et pour l'emmener à son cours de danse ou à ses leçons de dessin certains après-midi.

Et puis de temps en temps, elle part toute la journée jusqu'à l'autre bout de la ville où se trouve une usine de confiserie. Elle en revient avec plusieurs énormes sacs de bonbons différents qu'elle met dans des petits sachets transparents, par couleur ou par forme. Elle revend ensuite ces sachets à quelques personnes. Il y a la marchande de journaux qui a un kiosque sur la grande avenue et aussi le vieil épicier du carrefour d'à côté.

Un jour, elle me demande de porter plusieurs sachets de bonbons à l'épicier du carrefour, avec un papier à lui remettre. En chemin, je mange un bonbon, puis un autre et encore un autre. C'est tellement bon ! Quand je donne à l'épicier les sachets et le papier, il me dit d'attendre un peu et regarde attentivement les sachets et le papier. Il réfléchit puis me dit :

— Tu as mangé des bonbons !

— Non, c'est pas vrai.

— Si, il en manque trois.

— Non, il manque pas de bonbons.

— Si ! Regarde là, sur le papier. Ça dit qu'il doit y avoir vingt bonbons par sachet !

Pour moi c'est magique. Un papier qui dit que j'ai mangé trois bonbons. Comment est-ce possible ? Je suis à la fois intriguée et pas très fière en revenant à la maison. Tia Deusa n'est pas contente du tout.

— Je peux pas te faire confiance, Alessandra !

— Pardon !

— On me paye pour des sachets complets, pas des sachets dont il manque trois bonbons !

— Je savais pas que le papier savait le nombre de bonbons.

— Gabriela ne mange jamais de bonbons sans ma permission !

— Mais moi, j'ai pas une mère qui m'achète des bonbons.

— En plus, c'est mauvais pour les dents.

Elle est pas très généreuse, Tia Deusa. Elle m'abrite dans sa maison, mais avec tout le travail que je fais, elle pourrait être un peu plus aimable. Jamais elle me dit « s'il te plaît » ou encore « merci ». Le premier jour où je suis venue m'installer chez elle, elle m'a offert un savon, pour moi toute seule. C'est la première fois que j'ai un savon à moi. Je le fais durer, durer… Surtout que c'est un des rares cadeaux qu'elle m'a faits jusqu'à présent !

C'est pas comme sa sœur, Tia Maria, qui vient très souvent ici. La première semaine où j'ai dormi dans la maison elle m'a donné un joli sac en tissu qu'elle avait cousu elle-même, avec un peigne, une brosse et un adorable miroir. J'arrête pas de me regarder dedans quand j'ai fini mon travail et que je vais me coucher. Et puis, Tia Maria, elle me parle beaucoup. Quand sa sœur est pas là, elle m'aide dans la cuisine et on prépare les légumes ensemble ou bien on plie le linge qui est sec.

Aujourd'hui, je dois encore aller porter cinq sachets de bonbons chez l'épicier. Attention, cette fois, je vais être plus maligne. Je plie bien le papier que m'a remis Tia Deusa et je l'enfonce dans ma poche. Comme ça il pourra pas dire qu'il m'a vue manger les bonbons ! En effet, je peux pas résister très longtemps, alors je commence à goûter un petit bonbon, rien qu'un. C'est tellement agréable dans la bouche que j'en prends encore un, et puis encore quelques-uns. Ils fondent trop vite. Allez, un dernier. Le sachet a l'air autant rempli qu'au début.

— Bonjour, monsieur ! Voilà les sachets !

— Et le papier de Mme Rosetta ?

— Ah oui, tenez !

— Voyons… Mais, il en manque six !

— Comment vous savez ça ?

— Regarde, ce papier me le dit !

— Comment ça il le dit ? C'est pas possible, il n'a rien vu du tout !

— Regarde l'écriture là, tu ne sais pas lire ?

— Si, si ! Mais je vois pas comment il peut savoir qu'il en manque six !

— Je vais régler ça avec Mme Rosetta. Tu t'expliqueras avec elle.

Sur le chemin du retour, je me pose beaucoup de questions. Il faut que je comprenne ce mystère. Justement Tia Maria est à la maison, en train d'arroser les plantes quand je reviens. Sa sœur n'a pas eu le temps de le faire avant de partir livrer quelques sacs en ville.

— Dites-moi, Tia Maria, comment est-ce que les personnes savent qu'il manque cinq ou six bonbons, parce que vraiment j'ai bien caché ce papier de malheur ? Il a pas pu me voir manger les bonbons, alors comment il peut dire que j'en ai mangé six ?

— Toi alors, Alessandra, tu me fais rire, me répond Tia Maria dans un grand éclat de rire. Tu ne sais pas qu'on peut écrire des mots sur du papier ?

— Non ! Explique-moi parce que ça va être terrible quand Tia Deusa va apprendre qu'il manque des bonbons. Elle va me frapper !

— Regarde, ça c'est le nombre vingt-six. S'il n'y a que vingt bonbons au lieu de vingt-six, c'est qu'il en manque six. Voilà le chiffre six. Ça, c'est le chiffre deux. Le zéro c'est un rond. Tu comprends ?

— Oui, c'est magique pour moi !

— Sur le papier, on peut écrire des chiffres et puis des lettres aussi.

— J'aimerais bien savoir comment on les reconnaît.

— Quand on va à l'école, on apprend les lettres et puis après les mots. C'est ça que les enfants font à l'école ; ils apprennent à lire et à écrire.

— J'aimerais bien apprendre aussi !

— Il faudrait que tu ailles à l'école pour ça. Ça me paraît difficile. Mais je peux te montrer comment on écrit les lettres.

C'est vraiment une gentille fée, Tia Maria ! Les premières lettres que je lis, c'est grâce à elle. Assez vite, je sais écrire mon nom et j'en suis fière. Personne n'est au courant, c'est un secret entre nous deux.

— Je peux pas aller habiter chez vous, Tia Maria ?

— Ce n'est pas possible.

— Pourquoi ? Vous êtes plus gentille que Tia Deusa. Le matin, je viendrais travailler ici.

— Tu sais, ce n'est pas parce qu'on aime une personne qu'on la suit jusqu'à la mort ! Il faut faire la part de la raison et des sentiments.

— Est-ce que vous pourriez devenir ma mère ?

— Non, la place de mère est une place intouchable !

— Pourquoi ?

— La place réservée dans ton cœur pour ta mère, c'est comme un jardin... Dieu a fait ce jardin pour les pieds de ta mère. Personne d'autre ne peut y mettre les pieds !

C'est sûrement plus amusant d'aller à l'école que de faire le ménage. Du lundi au lundi, je fais toujours la même chose. Je peux même plus aller aux mariages. C'est comme une prison dont je rêve de sortir. Gabriela est jamais là. Elle a de la chance d'aller à l'école avec son beau cartable, ses crayons de toutes les couleurs, ses jolis cahiers. Après, elle va à la danse avec son tutu blanc, ses ballerines roses. Pour le dessin, elle a encore un sac différent et même une boîte pleine de tubes. Et pourtant elle est jamais très souriante. Elle est comme sa mère. Je sais pas qui est la plus princesse des deux ! Faudrait que je les serve du matin au soir quand elles sont à la maison. « Et porte-moi ci, et donne-moi ça. N'oublie pas de nettoyer ceci. Tu as rangé mon linge ? »

Tous les jours sont pareils. En plus hier, quand j'ai enlevé le linge qui était sec sur le fil, j'ai plus retrouvé mon bandana jaune. Pourquoi c'est pas la jolie robe bleue de Gabriela qui a disparu ? Ou son chemisier à volants ? J'en ai pleuré. J'ai même plus mon chien pour me consoler. J'aimerais mieux être une mouche ou un papillon. Je volerais de fleur en fleur. J'aime beaucoup le parfum du citronnier qui est dans le jardin. Si je ferme les yeux, il me semble que je suis ailleurs. Les abeilles tournent souvent autour. Elles doivent plus se régaler que moi. Je mange moins de bons gâteaux maintenant que j'ai plus ma fête du samedi.

Mes seules sorties en ce moment, c'est pour aller acheter du pain à la boulangerie. J'ai des pièces comme les autres personnes maintenant. La première fois la boulangère a été très surprise.

— C'est pas toi le petit qui venait toujours chercher son morceau de pain ?

— Si !

— Tu as des sous maintenant ?

— Oui, j'ai retrouvé ma tante ; j'habite chez elle depuis quelques jours.

— Comme tu as changé ! Moi qui croyais que tu étais un garçon !

— C'est normal, mes cheveux ont poussé.

— Tu as quel âge au fait ?

— Dix ans ! Un et zéro !

— Tu es plus jolie en jupe qu'en short en tout cas.

— C'est ce que dit ma tante.

— Cela se passe bien chez ta tante ?

— À peu près. Il y a beaucoup de travail et elle est jamais contente.

— Elle s'occupe bien de toi au moins ?

— Ça va, mais je peux jamais faire ce que je veux !

— Écoute, c'est mieux que de traîner dans la rue pour une fille de ton âge.

— Il y a plein de choses à regarder dans la rue, j'aime ça !

— Il y a aussi des petits voyous qu'il vaut mieux éviter. Allez, rentre vite.

Je suis rarement d'humeur à vite rentrer. Je traîne le pas et compte les bougainvilliers violets entre la boulangerie et la maison. Ou alors les lauriers-roses. Une fois revenue, c'est pour me remettre aux corvées…

Deux ou trois fois par semaine, Tia Deusa va au marché avec son grand panier à provisions. Elle trouve en général un enfant qui l'aide au retour pour le porter jusqu'à sa porte, parce qu'elle est vite essoufflée. La dernière fois, il était tellement petit et maigrichon que je lui ai dit en prenant le panier :

— Tu y arrives ? C'est pas trop lourd ?

— Non, ça va !

— T'as quel âge ?

— Je sais pas ! J'ai pas été daté !

Et il est parti en courant avec la pièce que lui a donnée Tia Deusa.

Ce matin, elle est revenue avec du poisson et bien entendu Gabriela n'en a pas mangé. Elle s'est rattrapée sur les bananes au sucre, avant de partir à son cours de danse.

Tia Maria m'a rejointe dans la cuisine où je finis de faire la vaisselle.

— Dites-moi, Tia Maria, pourquoi Gabriela elle mange jamais de poisson ? J'avais pourtant bien décoré le plat aujourd'hui avec des tomates et de la coriandre !

— C'est vrai qu'elle n'en mange jamais. Elle n'aimait déjà pas cela toute petite. Et puis, tu sais, quand elle avait six ans, son père est mort en avalant une arête de poisson. Il y avait du mérou ce jour-là. Une arête est restée coincée dans sa gorge. Il a beaucoup toussé. Pas moyen de la recracher. Alors il a mangé du pain mais cela n'a fait qu'empirer. L'arête a percé une artère et sa gorge s'est remplie de sang. Le temps qu'un voisin l'emmène au dispensaire, il avait tellement perdu de sang qu'on n'a pas pu le sauver.

— Ça arrive souvent qu'on meure comme ça ?

— C'est très rare. Mais il faut se méfier des poissons qui ont de grosses arêtes. Surtout, ne jamais essayer de la faire descendre avec de la nourriture. Que de l'eau. Et filer aux urgences.

— Il était comment, son père ?

— Il adorait sa fille chérie. Et Gabriela était

pleine d'admiration pour lui ! C'était quelqu'un qui travaillait beaucoup.

— Vous pouvez me montrer comment on écrit d'autres mots aujourd'hui ?

— Pourquoi pas !

— J'aimerais bien écrire *la plage, la mer, les poissons…*

Tia Maria prend un bout de papier et commence à écrire en grosses lettres toutes sortes de mots. Elle me montre comment bien tenir le crayon et repasser sur les lettres. Puis j'écris en dessous. Je recommence plusieurs fois. C'est de mieux en mieux.

— C'est bien ! Je vois que tu t'appliques !

— Tiens, j'entends Gabriela qui revient de sa danse avec sa mère !

— Bon, écoute, on reprendra ça une autre fois. Finis de ranger la vaisselle, sinon ma sœur ne sera pas très contente.

Pendant que je range, Gabriela montre à sa tante les tissus que Tia Deusa a achetés pour lui faire un costume. C'est bientôt le spectacle du cours de danse. Au moment du carnaval, son école de danse monte un spectacle pour les parents.

— Tu seras magnifique, dis donc !

— Bof ! Moi j'aurais préféré le tissu qui brillait plus !

— Tu sais bien qu'il était trop cher. Pour le mettre une seule fois !

— Mais, maman, les autres filles seront plus belles que moi !

— Tu seras la plus belle pour moi, quand même !

— Tu dis toujours ça ! Mais n'empêche que la mère de Tarcila lui a fait le costume avec un tissu doré.

— Sois contente, pour une fois, au lieu de toujours comparer avec les autres !

Cela fait plusieurs jours que Gabriela ne parle que de son spectacle de danse. De la forme de la jupe. Et de ce qu'on va mettre dans le haut. Avec des manches comment ? Et sur la tête ? Combien de rubans ? De quelle couleur ? Est-ce qu'il faut un jupon long ? Et un collant ou pas ? C'est très compliqué de tout assortir. Après s'être affairée une heure dans la salle de bains, elle est sortie faire des courses avec sa mère et je reste seule dans la maison.

J'épluche des pommes pour faire de la compote, comme me l'a demandé Tia Deusa avant de partir. J'aimerais bien m'entraîner à écrire, mais avec quoi ? Il y a bien un crayon pour noter les courses mais pas de papier. Je fais chauffer les pommes dans un peu de beurre et une goutte d'eau. Ça sent délicieusement bon. Il faut ajouter du sucre pour terminer. C'est la fin du paquet et je le vide dans la casserole. C'est un paquet blanc, avec des mots écrits dessus. *Sucre en poudre.* J'arrive à le lire. L'intérieur est tout blanc. Mais c'est parfait pour écrire, ça ! Je prends un couteau propre et découpe soigneusement les côtés. Puis j'aplatis bien avec mes mains à plat. Et voilà, ça me fait toute une page de papier blanc. La mer, la plage, les poissons, la fille, le garçon, la maison, la maman, Alessandra, Tia Maria, le sucre, le riz, le café, la fleur, le papillon… C'est beau tous ces mots qui défilent. Ça me plaît ! Mais j'arrive trop vite en bas de la page. Plus de place pour écrire. Je peux bien repasser sur les mots mais c'est moins amusant. Dans le placard il y a quelques paquets de sucre en réserve. J'en prends un et vais le vider dans les toilettes. Je tire la chasse. Ni vu, ni connu. Il n'y a plus qu'à le découper au couteau et à bien l'aplatir. Cette fois, j'écris en lettres minuscules, depuis le coin en haut à gauche et jusqu'au bout à droite, sans perdre de place. Quand toute la page est couverte, et même la face où des mots sont imprimés, je déchire le papier en tout petits bouts et les jette à la poubelle.

Le sucre disparaît assez vite de cette maison maintenant et Tia Deusa trouve qu'il faut souvent en racheter. Pourtant, j'en perds pas un millimètre quand je m'entraîne à écrire. Et je suggère souvent de faire de la compote et des desserts. Gabriela aime tellement les douceurs !

Ce qui tombe bien, c'est que Tia Deusa ne trouve pas très rentable de revendre des bonbons achetés en gros à l'autre bout de la ville. Elle vient de se rendre compte qu'en faisant des pâtisseries pour la boulangerie du quartier elle gagnerait beaucoup plus d'argent. Du coup il lui faut des réserves importantes de sucre. Tia Maria vient très souvent l'aider l'après-midi et c'est moi qui lave les moules, les plats et autres ustensiles pendant que Tia Deusa livre les gâteaux.

Un jour, je montre à Tia Maria toute une page recouverte des mots que j'ai copiés d'après une liste de courses restée sur la table de la cuisine. Elle n'en revient pas et me dit de la suivre dans la réserve à provisions. Elle prend une dizaine de paquets blancs que nous vidons ensemble dans les toilettes. Ensuite elle les coupe avec un couteau bien tranchant et je lui montre comment je les aplatis de mes mains. Elle me dit qu'elle a une meilleure idée. Elle prend les pages et se met à les repasser avec le fer, une par une. Ensuite elle prend dans la boite à coudre une aiguille de crochet et perce deux trous dans la liasse. Il n'y a plus qu'à passer un fil épais plusieurs fois et me voici avec un cahier de vingt pages comme j'en ai jamais eu.

— Quand on n'a pas trop de sous, il faut bien

utiliser son imagination, ma fille, et faire avec les moyens du bord !

— Vous êtes adroite quand même, je rajoute, très fière de mon beau cahier tout blanc.

— Tiens, je vais te montrer comment écrire « cahier » !

Je m'applique à recopier le mot sur des lignes entières, d'abord avec le modèle puis sans modèle. Ensuite en fermant un œil, puis les yeux fermés... Ce cahier reste mon bien le plus précieux pendant de longues semaines.

Avec ses couleurs fluo, ses poches sur le côté et ses deux boucles qui font « clic », le cartable de Gabriela me fait vraiment rêver. Et il regorge de fournitures variées : trousse à fermeture éclair, cahiers à spirale, livres illustrés, ardoises et boîtes de craies, autocollants, ciseaux, pot de colle. J'ai proposé à Gabriela de lui porter son cartable jusqu'à l'école. Elle est d'accord. Elle est même fière d'arriver à l'école les mains dans les poches. Et moi je le trouve tellement joli que ça m'amuse de marcher avec. Alors tous les matins, j'accompagne Gabriela en lui portant son cartable, puis je reviens vite à la maison pour commencer le ménage. Sa maîtresse, une petite femme avec des jolis souliers à brides pailletées, Mme Da Silva, m'autorise même à entrer dans la classe jusqu'au bureau de Gabriela pour y déposer son cartable. Pendant ce temps, elle est toujours en grande conversation avec une autre maîtresse. C'est inimaginable toutes les choses que ces deux dames peuvent avoir à se raconter tous les matins ! Gabriela aussi semble avoir mille choses à dire à ses amies. Moi, je parle à personne mais je repars toujours à regret, car je suis fascinée par tout ce que j'entrevois dans la classe.

À force de me voir tous les jours, Mme Da Silva me propose de m'asseoir pour une fois et d'écouter l'histoire qu'elle s'apprête à raconter. Il y est question d'ouvrières qui s'activent des heures durant, tandis que leur reine se contente de faire des bébés ! Et il n'y a qu'elle qui peut en avoir, alors il vaut mieux bien la nourrir. Y a-t-il quelqu'un dans la classe qui en connaît un rayon sur le sujet ? Personne ne répond. On est tous suspendus à la suite de l'histoire. Moi, j'étais loin de me douter qu'il fallait faire tout ce travail avant de récolter une chose aussi douce que le miel ! J'en saurais des choses si je restais à l'école tous les jours !

Une fois l'histoire finie, je file vite à la maison. Vivement demain que j'accompagne Gabriela à l'école en lui portant son cartable ! Elle n'est pas peu fière d'arriver devant les copines les mains vides… Et moi de porter le beau cartable bien rempli, c'est comme si le monde m'appartenait !

— Est-ce que je peux rester encore ce matin, madame ?

— Euh… je sais pas !

— J'ai jamais été à l'école. Je voudrais apprendre comme Gabriela !

— Qu'est-ce que tu sais faire ?
— Je sais écrire mon nom et quelques mots.
— Mais, moi, mes élèves savent déjà lire et écrire.
— Je vais juste regarder.
— Tu ne vas pas comprendre.
— Je peux écouter quand même.
— Ça sera difficile !
— Juste un peu. Je vais pas faire de bruit. C'est promis.
— Écoute, il faut voir avec la maîtresse des petits. Je vais lui en parler et on verra demain.
— C'est vrai ? Vous allez lui parler ?
— Puisque je te le dis ! Tu m'as l'air déterminée, toi !
— Oh ! Merci, madame !
— Bon, maintenant tu te sauves. C'est l'heure de rentrer en classe.

Je repars en traînant les pieds mais toute la journée je ne pense qu'au lendemain. Je m'imagine déjà dans la classe en train d'écouter la maîtresse et de retenir tout ce que je peux. *« Alessandra, Alessandra, toi aussi tu sauras ! »*

Et me voici de nouveau devant la maîtresse de Gabriela, pendant que les enfants courent dans tous les sens ou embrassent leur maman devant la grille de l'école.
— Alors aujourd'hui je peux rester un peu ?

— Oui, tu vas aller dans la classe de Mlle Elena pendant une petite heure. Si ça se passe bien, il faudra demander à ta maman qu'elle t'inscrive à l'école.

— Et si elle peut pas ? J'habite chez Mme Rosetta, la mère de Gabriela.

— Alors c'est à elle qu'on demandera.

— J'ai peur qu'elle soit pas d'accord.

— On verra. Pour le moment, tu te mets en rang avec les petits, là.

Je les dépasse d'une tête, mais ça m'est bien égal. Mlle Elena me fait asseoir dans un coin tout au fond de la classe et me dit de me tenir très tranquille. L'heure passe très vite. Je me fais oublier. Quand les élèves sortent pour la récréation, Mlle Elena s'aperçoit que je suis encore là.

— Tiens, je t'avais oubliée ! Tu as été très sage ! Je veux bien que tu reviennes demain matin.

Je ne me fais pas prier et le lendemain, je suis la première assise dans la classe alors que les petits s'installent bruyamment. J'ai tout retenu de ce que la maîtresse a expliqué la veille et je suis capable de répondre aux questions quand personne ne connaît la réponse. Je n'ose pas au début montrer que je sais. Maîtresse Elena s'en aperçoit bien vite et finit par m'encourager à répondre. C'est bizarre de voir toutes les têtes se retourner quand je suis interrogée. Peu importe, je vais m'habituer.

Quelques jours plus tard, j'entends Tia Deusa en grande discussion avec Tia Maria.

— Tu te rends compte ! La maîtresse du cours préparatoire m'a demandé d'inscrire Alessandra à l'école. Comment veux-tu que je paye l'école à deux enfants ? Avec le peu que je gagne !

— Ce serait bien, en effet. Elle a raison !

— Mais j'ai besoin d'Alessandra à la maison !

— Elle est très intelligente tu sais !

— Pour faire le ménage, on n'a pas besoin de savoir lire.

— Elle apprendra vite, volontaire comme elle est !

— Je la loge et je la nourris. Je ne vais pas en plus lui payer l'école.

— Elle mérite pourtant qu'on lui donne sa chance.

— C'est cher une école privée. C'est assez difficile avec une fille ; depuis qu'Ernesto est mort, j'y arrive à peine.

— Il faudrait en discuter avec la directrice. Elle accepterait peut-être qu'Alessandra reste dans la classe. Sans que tu aies à payer.

— Et tout le travail de la maison alors ?

— Efficace comme elle est, tu n'as pas à t'inquiéter pour le ménage. Ta maison sera propre quand même !

— Je vais réfléchir et voir ce que propose la directrice.

J'en ai de la chance ! La directrice a été

d'accord pour que je reste dans la classe du cours préparatoire tous les matins. Gratuitement. On verra si j'y apprends à lire. Tia Deusa a déjà du mal à payer les frais pour sa fille. Elle peut pas m'acheter de livres, ni de cahiers. On se débrouillera. C'est pas un problème. Par contre, elle est obligée de fournir une carte d'identité pour m'inscrire.

Le lendemain après-midi, Tia Deusa me dit de mettre une jolie jupe et m'emmène au bureau d'état civil. En chemin, on s'arrête dans une boutique où un monsieur me fait d'abord asseoir sur un tabouret très haut. Il allume une grosse lampe aveuglante et me prend en photo. Il faut attendre un peu. Il demande à Tia Deusa si je suis sa fille. Elle répond que je suis sa petite bonne depuis quelque temps et qu'il me faut une nouvelle carte d'identité. Elle a toujours réponse à tout. Ça y est. Le monsieur nous montre le résultat. J'en fais une drôle de tête sur ces petites photos ! C'est la première fois que je me vois sur du papier. On dirait un chat ahuri qui fait la grimace !

Nous continuons vers le bureau d'état civil. Il faut attendre très longtemps, dans un couloir étouffant. Il y a beaucoup de gens qui sont déjà là depuis plusieurs heures. Enfin, on nous fait entrer dans un bureau éclairé aux néons. Un petit monsieur bossu nous reçoit derrière sa grosse machine à écrire. Il fait très chaud. Le ventilateur tourne à fond au plafond, mais il s'essuie le visage toutes les deux minutes avec son mouchoir.

— Comment tu t'appelles ?

— Alessandra !

— Alessandra comment ?

— Euh...

— Ton nom de famille ?

— Je sais pas !

— Comment s'appelle ta mère ?

— Sandra !

— Son nom de famille ?

— Je sais pas !

— Bon. Et ton père ? Tu sais pas, je suppose...

— Non !

— Bien, écoute, on va mettre Da Silva. Y en a beaucoup à Rio. Ça passera... Couleur des cheveux : brun. Couleur des yeux : marron. Le teint : métis... Date de naissance... tu es née quand ?

— Euh...

— Quand est-ce que tu es née ?

— Je sais pas !

— T'as quel âge ?

— Onze ans !

— Tu es sûre ?

— Oui ! Je pense...

— Tu connais pas ta date de naissance ?

— Non !

— Bon, alors 1978 moins onze, ça fait 1967.

— Pour le mois… Voyons… Quand est-ce que tu voudrais avoir ton anniversaire ?

— J'ai jamais eu ! Euh… Au mois de mai ! J'aime bien le mois de mai.

— Très bien, on va mettre le 1er mai. Ça te va ?

— Oui, monsieur !

Les gouttes de sueur tombent sur les touches du clavier pendant qu'il écrit. Et il s'essuie à nouveau le visage. Tia Deusa lui dicte son adresse. Elle lui tend deux photos qu'il découpe avec des ciseaux gigantesques, comme j'en ai jamais vus. La carte d'identité sera prête dans quinze jours. Si tout va bien. Sinon, ça peut prendre jusqu'à deux mois ! Mais en attendant, il nous donne un papier pour l'école. Je pourrai y retourner dès demain.

— Tu sais, c'est bien parce que ma sœur a insisté pour que tu ailles à l'école ! C'est compliqué, tous ces papiers !

Comme je bénis Tia Maria ! C'est vraiment elle qui aurait dû être ma mère. Elle comprend toujours ce qui est bien pour moi. Ce doit être ça une vraie mère. D'ailleurs Tia Deusa n'a plus reparlé de rechercher la mère qui m'a abandonnée. Est-ce qu'en ce moment il lui arrive de se souvenir de moi ? Ou m'a-t-elle complètement oubliée ? Le saurai-je un jour ?

Depuis que je suis assise derrière tous les petits élèves de maîtresse Elena, je fais chaque jour beaucoup de progrès. Elle a été vite rassurée. D'ailleurs, je veux pas qu'elle soit déçue de m'avoir acceptée. Tia Deusa, quant à elle, n'aura rien à payer. Si cela pouvait lui redonner le sourire… Je peux rester dans la classe quelques heures chaque matin. Quelle aventure ! C'est un monde nouveau qui s'ouvre à moi. Je retiens tout avec facilité. Mes doigts sont plus sûrs que ceux d'enfants plus jeunes. Écrire devient un jeu. Même avec peu de matériel. La maîtresse est tellement gentille. C'est elle qui me prête un crayon et des vieilles feuilles qu'elle a récupérées de l'année dernière. Il n'y a pas de risque que Tia Deusa m'achète le moindre cahier. Sa fille serait jalouse, m'a-t-elle dit. Je crois que cela lui est égal à Gabriela que je reste un peu à l'école le matin. Cela m'empêche pas de faire son lit, de nettoyer sa chambre et de rester à la maison le samedi tandis qu'elle se promène avec sa mère en ville.

Cela me plaît de savoir déchiffrer maintenant ce qui est écrit sur les paquets de nourriture. Je voyais bien avant si je faisais cuire du riz long ou du riz rond. Mais quand les mots me le confirment, ça me donne l'impression que je suis une vraie cuisinière ! J'aime bien compter aussi et me sens plus intelligente quand la boulangère me rend des pièces. C'est amusant de lire les prix, de calculer combien coûtent trois avocats et de deviner combien il y a d'oignons dans un sac de dix kilos. Si j'ai pas bien compris quelque chose en classe, je demande des explications à Tia Maria quand elle vient à la maison. Elle est très fière de moi et m'encourage chaque fois.

— Écoute-moi, me dit-elle un jour, celui qui nourrit son corps et ne nourrit pas son esprit, c'est comme s'il était à moitié mort. Apprends que tu dois nourrir à la fois le corps et l'esprit. Tu comprendras un jour !

La maîtresse aussi m'encourage jour après jour et me dit un matin que je peux passer dans la classe supérieure. En quatre mois j'ai appris ce que les petits apprennent en une année scolaire. Et ce n'est qu'un début, puisqu'au cours des quelques mois qui suivent, je rattrape à nouveau une année entière et peux changer de niveau à la rentrée.

Bien que plus jeune de quelques mois, il ne me reste plus qu'un niveau de différence avec Gabriela.

Étudier n'est pas son fort. Elle préfère jouer ou rêvasser. Au moment de faire ses devoirs à la maison, l'après-midi, elle traîne le plus longtemps possible. Si Tia Deusa n'est pas là, je vais dans sa chambre et elle me laisse regarder ses livres et ses cahiers. Très souvent je l'aide. J'ai remarqué que le livre donne toujours un modèle au début de l'exercice à faire. Il suffit de faire pareil. Mais elle ne cherche pas à comprendre. Ça l'ennuie.

— Regarde ! Tu fais comme l'exemple. Il faut ajouter un adverbe dans chaque phrase.

— Où ça ?

— Comme dans le modèle. Tu fais la même chose ! Regarde !

— Je sais pas faire. C'est trop compliqué.

— Mais non, c'est pas compliqué.

— Fais-le, si tu sais le faire !

Et je fais l'exercice, du début à la fin. Le lendemain, la maîtresse félicite Gabriela pour avoir réussi tout l'exercice. Elle trouve d'ailleurs que son élève progresse bien en ce moment et fait des compliments à sa mère. Celle-ci est tellement contente que trois jours plus tard, elle lui achète un jeu. Moi, je n'ai pas de cadeaux comme ça, mais Gabriela veut bien que j'emprunte ses jolis stylos, ses feutres et elle est d'accord pour que je décore son cahier de poésies. Je ne demande pas mieux et en peu de temps son cahier est le plus joli de la classe. Cela lui vaut encore des compliments de la part de la maîtresse. Je le sais parce qu'elle s'en vante auprès de sa mère, pendant que moi, je nettoie les casseroles. Je les entends depuis la cuisine. La maîtresse a écrit « magnifique » sur plusieurs pages. Gabriela se garde bien de dire que ce n'est pas tout à fait d'elle. Ça m'est bien égal. Je me suis bien amusée en coloriant !

Aujourd'hui le travail à faire n'est pas plus compliqué que les autres jours, mais il fait tellement chaud en ce mois de février que Gabriela s'allonge sur son lit pendant que je me mets à son bureau.

— Tu peux m'aider ? C'est page 22.

— Laisse-moi voir. « Adjectif masculin à mettre au féminin en changeant le nom. »

— C'est quoi « adjectif masculin » au fait ? J'ai oublié !

— C'est... l'attribut des garçons !

— Oh, dis donc, t'as vu comme il me regarde, Antonio ? Tu crois que je lui plais ?

— Je sais pas ! Mais « le garçon est fort », ça fait « la fille est forte » !

— Bon, ça je sais faire.

— Alors tu l'écris là.

— Non, ça me fatigue ; il fait trop chaud. Écris-le pour moi.

— À condition que tu me laisses colorier le dessin de ce matin.

— D'accord, si tu veux.

Beaucoup de bleu ici, plutôt du violet sur ces plumes-là, un jaune bien franc pour le bec. C'est pas mal. J'adore ces oiseaux ! Je suis en train de finir le toucan quand Gabriela s'exclame dans un sursaut :

— Vite ! J'entends maman qui arrive ! Pousse-toi !

Je suis si concentrée que je n'ai pas entendu la porte d'entrée s'ouvrir. Mon chiffon n'est pas loin. Les crayons de couleur lui cèdent la place entre mes doigts, tandis que mes pieds m'entraînent dans le salon. Une image de toucan multicolore s'interpose entre les meubles et mon regard. Passer le chiffon dans le sens des plumes, de haut en bas. Quelle poussière dans cette jungle !

Heureusement que Gabriela a entendu sa mère arriver ! On peut pas vraiment dire qu'on soit devenues des amies, mais une certaine complicité nous lie et permet à chacune de trouver son intérêt. Gabriela peut laisser sa paresse s'épanouir sans que sa mère s'en aperçoive. À force de lui faire ses exercices, que je les comprenne ou pas, j'apprends une multitude de choses et n'ai aucun mal à faire ceux de ma classe qui sont bien plus faciles. Finalement, moi aussi j'ai droit aux compliments de ma maîtresse.

En me couchant le soir, je ressens une grande fatigue et je termine la semaine épuisée. Ils sont loin les samedis où je mettais de beaux vêtements pour aller me fondre parmi les invités d'un mariage… Dire que le samedi était mon jour préféré ! Avec le dimanche, je le déteste désormais parce que je reste toute la journée à faire le travail de la maison. Si Tia Maria est là et que sa sœur est absente, elle passe du temps avec moi dans la cuisine et fait à ma place certaines des corvées. Elle me dit de m'asseoir et de lui montrer ce que je fais à l'école. Depuis le début, elle s'est intéressée à mes progrès. Je l'ai entendue dire un jour à sa sœur que je travaille beaucoup trop. Que je suis fine et intelligente et que j'apprends très vite à l'école. Mais qu'à onze ans, on peut pas me demander de tout faire dès six heures du matin avant l'école, jusque tard le soir. C'est pour ça qu'elle m'aide dans la cuisine. En bavardant, le temps passe plus vite. Finalement, elle aussi m'apprend plein de choses. Même si cela semble inutile à Tia Deusa ! Pour elle, je resterai une bonne toute ma vie. Et je dois m'estimer heureuse de ne plus dormir dans un dépôt d'autobus.

À la manière brutale dont elle ouvre la porte ce soir, je saisis que Tia Deusa est très énervée. Il y a eu un cambriolage à l'atelier de cuir et toutes les ceintures noires ont été dérobées. Sans doute par un gang qui fait du trafic. Il paraît que les ceintures noires qui sont cloutées font furie dans le quartier de Copacabana depuis le succès du film *Loubards dans la jungle*. J'avais vu l'affiche du film en passant devant le kiosque à journaux. On y voit trois voyous avec chacun une large ceinture noire à clous dans laquelle un flingue est coincé. Ils ont l'air redoutables. Depuis quelque temps, tous les adolescents mettent une ceinture noire. C'est bien pour la fabrique. Du moins, c'était bien jusqu'à aujourd'hui ! Le cambriolage ne va pas arranger les affaires. Cela prend du temps pour reconstituer un stock. Je sens que Tia Deusa ne va pas être de bonne humeur avant longtemps...

Malgré tout, les bons résultats de Gabriela ces derniers temps contribuent à rendre l'atmosphère moins tendue. C'est quasiment tous les jours que je fais ses devoirs d'école, alors que Tia Deusa doit s'absenter pour résoudre une multitude de problèmes et aider à l'enquête sur le cambriolage. Cela ne m'ennuie pas, bien au contraire ! Tous ses cahiers deviennent de plus en plus décorés et font l'admiration des voisines de classe. Ce que j'ai du mal à admettre, c'est que Gabriela ne cherche jamais à comprendre les règles de grammaire. Et encore moins à résoudre les problèmes d'arithmétique. Alors que moi, je trouve ça stimulant. Il n'y a que certaines conjugaisons que je n'arrive pas à bien assimiler. Mais cela viendra, j'en suis persuadée. C'est compliqué de mettre les verbes au passé. D'ailleurs, je pense rarement à ce que je faisais quand j'étais petite. C'est trop souvent une impression de détresse qui me submerge... Moi toute seule, avec personne à qui me confier... Mes sens en éveil à guetter le moindre danger... Une peur infinie qu'on s'intéresse trop à moi et qu'on m'enferme en voulant m'aider... Surtout ne faire confiance à personne. Je ne veux penser qu'à l'instant présent et apprendre, apprendre, apprendre... Je ne finirai jamais d'apprendre. Je serai forte de tout ce que je saurai. Ce sera comme une protection. Il ne pourra rien m'arriver de mal. J'aime observer, comprendre et retenir.

Par contre, laver et repasser les rideaux du salon pour que la maison soit belle dimanche prochain, c'est bien fastidieux ! Les cousins de São Paulo vont venir passer trois jours à Rio. J'aurai encore plus de travail que d'habitude. N'y pensons pas ! Tiens, j'entends Gabriela qui fait encore une colère dans sa chambre au sujet de la tenue qu'elle mettra dimanche.

— Non, je ne veux pas mettre cette jupe ! Elle est trop moche !

— Elle te va bien ! C'est la plus belle que tu aies.

— Non ! Elle me serre trop ! J'ai l'air d'un boudin !

— Qu'est-ce que tu racontes ?

— Aucune de mes copines ne mettrait une jupe pareille ! Tarcila, sa mère lui a acheté un jupe en jean. C'est bien plus à la mode.

— Écoute, pour une fois que les cousins vont te voir, je veux que tu sois belle !

— Je ne mettrai la jupe que si tu m'achètes les ballerines assorties.

— Les ballerines ?

— Oui, celles qu'on a vues la semaine dernière rue de Carioca, dans le magasin près du cours de danse.

— Mais c'est hors de prix dans ce magasin ! Tu n'y penses pas !

— Au moins, je serai belle, pour une fois !

— Désolée, mais ce n'est pas le moment de gaspiller de l'argent. Au contraire !

— Alors, je ne mettrai pas la jupe !

— Bon, j'en ai assez de tes caprices. Tu m'agaces ! Fais tes devoirs. Je vais me boire un café.

Le café n'a jamais calmé personne. Encore moins Tia Deusa qui ne se contente pas d'une tasse mais de presque une cafetière à elle toute seule ! C'est pourtant du luxe, il paraît. Si elle croit qu'elle va faire des économies comme ça. Et je m'entends dire que je mets trop de sucre dans les desserts…

Si au moins je pouvais, moi aussi, aller voir le carnaval. C'est pour ça qu'ils sont venus passer quelques jours à Rio. Pas seulement pour voir la famille. Il y a le père, la mère, les deux plus jeunes garçons et la grand-mère, parce qu'on peut pas la laisser toute seule à son âge. Elle irait se plaindre à tous les voisins qu'on l'a abandonnée ! Du matin au soir la radio diffuse des airs de samba et on n'entend parler que de carnaval, comme si tout le reste n'existait plus.

Cette année encore, le cours de danse de Gabriela donne un spectacle pour les parents d'élèves. Et bien entendu, il y a belle lurette que Gabriela pense plus à son futur costume qu'au travail de l'école ! Les cousins sont plutôt moqueurs en revenant de son spectacle intitulé *Parfums des tropiques* et n'arrêtent pas de lui dire qu'elle sent si bon. Il est vrai qu'elle a de jolies fleurs dans les cheveux. Des fleurs d'hibiscus tressées avec du jasmin. Je ne peux qu'imaginer ce qu'a été le spectacle et la joie des danseuses admirées par leur maman. Ou, pour certaines, par toute la famille.

Après le dîner, ils partent voir le grand défilé du carnaval en ville. Moi, je reste à m'occuper de la grand-mère qui est trop âgée pour supporter la foule.

Par contre, pour râler, elle n'est pas en reste. Elle ne me laisse pas tranquille une seconde et a toujours quelque chose à demander. Il fait très chaud en ce mois de février et elle ne supporte pas d'avoir soif.

— Ma petite, sers-moi encore une bière. Et avec trois glaçons. Non, pas dans un verre comme ça. Je veux une chope ! Et puis, tu m'apporteras le ventilateur de ce côté… Non, pas si près !… Baisse un peu la radio, on ne s'entend plus !

J'espère que demain toute la famille va aller à la messe et qu'après le déjeuner la grand-mère va faire la sieste une bonne partie de l'après-midi !

— Donne-moi encore une bière. Il fait trop soif ici ! On est mieux à São Paulo ! Tu mettras quatre glaçons cette fois. Quoique ça n'aura plus de goût… non, trois glaçons, ça suffit. Allez, dépêche-toi ! Qu'est-ce que tu attends ?

Ils ont bien de la chance les autres de regarder les danseurs défiler ! Pendant ce temps, je finis la vaisselle et range la maison. Lovée dans le hamac, la grand-mère ingurgite un nombre impressionnant de bières. Puis les voilà de retour, plus qu'excités par tout ce qu'ils ont vu et entendu.

Jorge, le garçon de quatorze ans, louche sur mes seins qui commencent à pointer et me dit en riant qu'il me voit bien avec des orchidées sur les tétons. Je serais aussi belle que les danseuses de Vila Isabel, ses préférées, avec leurs jolis seins fleuris. Le thème de cette année est « *fleurs tropicales* », et les écoles de danse n'ont pas manqué d'imagination. Vila Isabel a été la plus applaudie, paraît-il. Pour fêter ça, la grand-mère suggère qu'on boive un coup à la santé de tous les danseurs et musiciens et me demande d'apporter bières et glaçons… mais aussi de la cachaça pour les plus âgés et du guarana pour les jeunes. À deux heures du matin, je peux enfin aller me coucher et rêver d'orchidées qui m'enlacent en me parfumant tout le corps.

Je suis soulagée quand, deux jours plus tard, les cousins reprennent le car pour São Paulo, bien qu'il reste beaucoup de nettoyage à faire dans la maison. Il me tarde à vrai dire que les vacances de printemps se terminent et que je reprenne le chemin de l'école. La vie y est nettement plus intéressante qu'ici. Et puis surtout, grâce aux progrès rapides que j'ai faits, je vais me retrouver à la rentrée dans la même classe que

Gabriela. Ça sera beaucoup plus pratique pour toutes les deux !

Quelle fierté d'être assise à côté de Gabriela dès le premier jour de classe ! Je n'ai évidemment pas de livres à moi, mais la maîtresse me permet de suivre sur le livre de Gabriela. Surtout qu'habitant sous le même toit, il est naturel qu'elle me prête ses livres pour faire les devoirs à la maison.

Au moins maintenant je n'ai qu'une série d'exercices à faire. Ils nous servent à toutes les deux. J'aurais cru que Gabriela allait se mettre au travail plus sérieusement pour ne pas avoir de moins bons résultats que moi, mais sa paresse est plus forte. Elle travaille plutôt son apparence physique et les effets qu'elle produit sur les garçons de l'école. Je n'en suis pas fâchée, bien au contraire. En contrepartie de l'aide que je lui apporte, elle me prête livres et papier. Et même sa toute nouvelle trousse jaune fluo. J'ai aussi le droit de jeter un coup d'œil sur les magazines pour filles que sa mère lui achète chaque fois qu'elle a de bonnes notes.

Nous avons notre technique pour avoir toutes les deux de bonnes notes. Quand il y a un contrôle, je me dépêche de faire le devoir pendant que Gabriela fait semblant d'écrire, cachée par son bras, et je lui passe la feuille remplie. Elle écrit alors son nom en haut du devoir, pendant que je refais le même devoir sur la feuille qu'elle m'a passée, en écrivant cette fois mon nom en haut. Il y a toujours un moment où la maîtresse est distraite et où nous pouvons échanger nos feuilles. Certes, je passe pour l'élève la plus lente de la classe, mais cela ne me dérange pas car j'obtiens de bons résultats et Gabriela aussi, du moins pendant quelques semaines. Mais elle fait tellement peu d'efforts pour apprendre ses leçons et comprendre les problèmes que je redoute que ses résultats baissent et qu'elle ne passe pas dans la classe supérieure à la fin de l'année. Ce serait catastrophique pour moi, car je ne pourrais plus profiter de ses outils et surtout de ses livres.

Pour les examens de fin de trimestre, nous sommes obligées d'inventer une autre stratégie. En effet, tous les élèves de plusieurs classes sont réunis dans une grande salle d'examen et il est impossible de choisir nos places. La maîtresse qui nous surveille ne nous connaît pas, heureusement. Dès le devoir distribué, j'écris les réponses aussi vite que possible et demande à aller aux toilettes. Un court instant après, Gabriela prétexte qu'elle a mal au ventre et part aux toilettes aussi. Je vais m'asseoir alors à la place qu'elle a libérée et fais le devoir à mon nom, cette fois et plus rapidement puisque j'ai déjà réfléchi aux réponses. Gabriela repart s'asseoir à la place que j'ai laissée, bien contente de trouver le devoir fait et de n'avoir qu'à inscrire son nom en haut de la feuille. En général, je lui laisse quand même quelques exercices faciles à compléter. Qu'elle ait l'air d'être occupée malgré tout ! La maîtresse ne s'aperçoit jamais de la ruse car nous sommes vraiment très nombreux dans la salle. Souvent elle est plongée dans la lecture d'une revue et lève à peine la tête quand on lui demande la permission de sortir. C'est tout juste si elle voit qu'on se rassoit.

Ce qui a marché à la fin d'un trimestre fonctionne à nouveau aux deux trimestres suivants et c'est avec un immense soulagement que nous sommes toutes les deux admises à passer au collège. La fin de l'année se passe dans la joie. Notre maîtresse est contente de notre réussite à toutes les deux et s'étonne tout de même des progrès que semble avoir faits Gabriela. Tia Deusa ne sait pas comment faire plaisir à sa fille dont elle est si fière et la couvre de cadeaux. Celle-ci se prend déjà pour une grande et fait l'orgueilleuse. Moi, je savoure en silence la satisfaction d'en avoir terminé avec l'école primaire et d'accéder au collège. Mon bonheur est immense quand Tia Maria m'entoure de ses bras en me disant :

— J'ai toujours cru en toi ! Tu ne peux pas savoir comme je suis heureuse ! Tu le méritais !

— Vous êtes fière de moi ?

— Je suis très contente. Mais garde la fierté pour toi. C'est à toi de bâtir ton château. Tu dois apprendre à devenir fière de chaque action que tu fais. C'est mieux que de sentir le poids de la honte sur ton dos !

C'est fortes de notre complicité que nous commençons notre vie de collégiennes. Mais nos habitudes sont vite mises à mal. Avec un professeur différent par matière, cela fait du monde à berner ! J'ai beau essayer de convaincre Gabriela qu'il faut qu'elle apprenne un minimum, elle ne retient rien des leçons. Tia Maria, à qui je me suis confiée, lui a aussi dit de faire des efforts. Elle trouve que c'est de plus en plus difficile et comprend de moins en moins ! On s'en sort quand même pas mal pour les cinq premiers contrôles. Arrive le sixième, et là, le professeur de mathématiques est plus malin que les autres et s'aperçoit de notre ruse. Il m'appelle à son bureau à la fin du contrôle.

— Tu as triché !

— Non, c'est pas vrai !

— Si ! Tu n'as pas honte ?

— Mais, monsieur…

— Quand on ne sait pas, on ne copie pas sur les autres ! C'est malhonnête !

— Mais je n'ai pas copié !

— Tu crois que je ne t'ai pas vue ?

— Je sais faire l'exercice !

— Arrête de mentir ! Pas la peine de pleurer non plus !

— Mais, monsieur, je vous dis que je sais le faire !

— C'est ce qu'on va vérifier.

Et le professeur m'installe à une table, toute seule et en pleurs, pendant que les autres élèves sont partis au cours de biologie.

— Tu me fais le devoir que j'ai donné à l'autre classe ce matin ! Et je t'ai à l'œil !

Je finis assez rapidement tous les exercices et il est si étonné qu'il décide de convoquer Gabriela à son tour.

— À ton tour, ma petite ! Tu me fais ce devoir. Et je t'ai à l'œil toi aussi !

Les larmes montent aux yeux de Gabriela qui me regarde d'un air pitoyable. Je ne peux plus rien pour elle. La feuille reste à moitié blanche. J'ai à la fois de la peine et de l'inquiétude pour la suite. Je me dis aussi qu'elle l'a un peu cherché. Elle ne pourra pas compter sur moi toute sa vie. Si elle était moins fainéante, on n'en serait pas là ! Toujours à rigoler avec les copines ou à rêver. On est vraiment différentes. Moi, je ressemble plus à Lucia, la fille de maîtresse Elena, qui est devenue mon amie en classe, mais que je ne vois jamais en dehors de l'école. Je ne peux pas inviter d'amies et je ne suis jamais invitée. Quand je ne suis pas en cours, je suis au service de Tia Deusa. Alors que Gabriela, c'est une mollassonne qui ne fait jamais rien, ni en classe, ni à la maison.

En apprenant que Gabriela a triché, Tia Deusa d'abord ne le croit pas. Mais quand les mauvais résultats se suivent, elle doit se rendre à l'évidence que sa fille chérie n'est pas du tout la bonne élève dont elle était si fière. Elle est très mécontente, bien entendu. Être convoquée par le professeur de mathématiques qui fait état du niveau très faible de sa fille ! Comment admettre que cela fait des mois que sa fille triche et que ses résultats ne sont pas vraiment les siens ? Elle pense que c'est la puberté qui la travaille et que la crise va passer. Après tous les compliments que faisaient les maîtresses du primaire ! D'ailleurs Gabriela devient de plus en plus désagréable et insolente envers sa mère. Je suis choquée par la manière dont elle ose lui répondre. Avec tout ce que sa mère fait pour elle, avec tout ce qu'elle lui donne, avec la patience qu'elle a, avec l'admiration qu'elle lui porte, je la trouve plus qu'ingrate. J'aurais aimé être gâtée comme elle ! Qu'est-ce qu'elle dirait à ma place, hein ?

Depuis cet incident, on se parle peu. Elle a eu tellement honte d'être punie et que cela se sache. Il y a bien quelques élèves qui avaient découvert notre jeu, mais ils ont toujours fait comme s'ils ne voyaient rien, par solidarité. Les tricheurs sont nombreux de toute façon et puis ça peut arriver à tout le monde d'avoir besoin d'être aidé. Alors soyons discrets pour que les autres restent discrets...

En arrivant au collège, nous nous sommes retrouvées avec des enfants que nous ne connaissions pas. Au début, on s'observait. Des garçons se sont moqués de Gabriela en voyant qu'elle se faisait porter son cartable. Alors elle l'a vite repris. La veille de la rentrée, Tia Maria m'avait donné le vieux cartable de son fils. Maintenant qu'il a quitté le collège, il n'en a plus besoin. C'est une chance ! Je ne veux pas porter deux cartables et me faire appeler « dame fardeau » à mon tour. J'aurais l'air de quoi ? Donc, c'est chacune pour soi maintenant, en classe comme sur le chemin du collège. À l'aller comme au retour !

Déjà une année de passée depuis que les cousins de São Paulo étaient ici. Cette fois, Jorge est venu seul avec son frère pour assister à un match au Maracana. Il a gagné deux tickets d'entrée à la tombola du supermarché de son quartier. Ils vont applaudir les prouesses de nos footballeurs au lieu d'admirer de haut en bas les superbes mannequins dans les rues en délire de

Rio. Cependant cette fois-ci, Jorge ne se contente pas de loucher vers mes seins. Il essaie de me les tripoter quand je m'affaire devant l'évier de la cuisine, en me disant qu'ils sont plus mignons que ceux de Gabriela et que d'ailleurs je suis beaucoup plus belle qu'elle, et patati, et patata... Il faut dire qu'elle s'empâte en ce moment. Elle a beau surveiller sa silhouette matin et soir dans le miroir. Elle doit le traiter de menteur ! Les rondeurs en fait ne déplaisent pas aux garçons de la classe. Mais j'imagine le scandale que ferait sa mère, si Jorge osait toucher à sa petite fille... Ce serait le retour immédiat à São Paulo !

Gabriela ne va plus au cours de danse. Elle trouve cela ennuyeux et fatigant. Maintenant qu'il y a la télévision à la maison, elle passe des heures à regarder des feuilletons, vautrée sur le canapé du salon. Je me demande parfois si elle ne se prend pas pour une héroïne de série américaine. C'est un grand sujet de conversation entre filles au collège. Des filles qui veulent bien s'intéresser aussi aux résultats des matchs de foot quand un garçon est dans les parages afin d'attirer son attention. Et là, c'est à celle qui sera la plus informée des derniers exploits de nos joueurs brésiliens. Quant à moi, je n'ai guère le temps ni l'autorisation de m'asseoir devant la télévision pour y suivre un feuilleton ou un match, alors je ne sais pas trop de quoi il retourne. Ce qui m'amuse beaucoup quand même, c'est d'entendre, les soirs de grands matchs, les hurlements de joie des téléspectateurs chaque fois qu'un but est marqué. Les cris sont en plus accompagnés de coups de feu tirés dans le ciel depuis les fenêtres grandes ouvertes des maisons. Il semble que le quartier tout entier vibre au rythme des points marqués. Évidemment il n'y a pas de plus grand deuil que lorsque l'équipe du Brésil perd un match international. Seuls rient les enfants qui vendent des mouchoirs en papier aux automobilistes arrêtés aux feux rouges !

Les mois se suivent de façon assez monotone. Je réussis tous mes examens et passe d'un niveau à un autre sans grande difficulté. Pour Gabriela il a fallu l'intervention de sa mère et une grande indulgence de la part des professeurs pour qu'elle soit admise à passer dans la classe supérieure. Grâce à cela, elle continue de me prêter ses livres en échange d'une aide pour ses devoirs à la maison, toujours en cachette de sa mère. Après les cours, je dois vite rentrer à la maison où le travail m'attend.

Gabriela traîne souvent dans la rue avec ses copines et ses copains. Elle profite des jours où sa mère fait des livraisons pour rentrer tard à la maison. Celle-ci ne s'en aperçoit pas. Elle pense que nous revenons ensemble, une fois les cours finis. Et puis Gabriela est douée pour inventer des excuses et faire croire ce qu'elle veut.

Si bien qu'un jour il me semble que le tonnerre a frappé la maison. Alors que sa fille n'a que quatorze ans et demi, Tia Deusa découvre avec stupeur qu'elle est enceinte de plusieurs mois ! Jamais les murs n'ont autant tremblé ! Dans sa furie elle s'en prend à tout le monde. Elle ose m'accuser d'avoir une très mauvaise influence sur sa fille. Si elle avait su, elle m'aurait laissée dans la rue !

J'avais bien découvert en rangeant la chambre de Gabriela des petits mots de son amoureux lui donnant rendez-vous après les cours. Je suis quand même aussi sous l'effet du choc. Ses rondeurs ne sont pas seulement dues au manque d'exercice. Pas étonnant qu'elle porte moins ses jeans moulants depuis quelques semaines alors que le temps s'est rafraîchi... Je la trouvais un peu bizarre en ce moment. Tout s'explique !

Gabriela finit par ne plus aller au collège, ce qui ne la gêne pas. Les sorties entre copains lui manquent, mais elle n'est pas fière d'elle-même et n'ose plus se montrer. C'est dans le hamac sur la terrasse qu'elle passe le plus clair de son temps. On dirait qu'elle couve ! Quant à Tia Deusa, la mauvaise humeur ne la quitte pas. Heureusement que les nombreux feuilletons qui passent à la télé réunissent mère et fille. Les cacahuètes et les chips les mettent presque sur un pied d'égalité du côté des kilos en trop...

C'est fascinant de voir le ventre de Gabriela s'arrondir semaine après semaine. On pourrait croire qu'elle a avalé un ballon. J'ai beaucoup de mal à imaginer que, moi aussi, j'ai été un gros ballon dans un ventre de femme ! Le bébé est enfin né et je m'en occupe presque autant que Gabriela qui, elle, n'a que cela à faire. C'est une minuscule crevette qui répond au nom de Suelen pour être à la mode. Elle n'est pas bien grande, mais quelle braillarde ! Il faut tourner le volume de la radio très fort pour couvrir sa voix. Elle a aussi mauvais caractère que sa mère et hurle dès cinq heures du matin. Comme cela lui fait mal de la nourrir au sein, Gabriela a vite opté pour le biberon. Et comme elle a du mal à sortir de son sommeil au milieu de la nuit, c'est moi qui me lève pour préparer le premier biberon. C'est bien entendu moi qui continue à tout faire, lessive, repas et ménage. Je me couche très tard, une fois mes devoirs faits et généralement épuisée.

La seule personne qui a conscience de mon niveau de fatigue demeure Tia Maria. Quand sa sœur est absente et qu'elle voit que je n'en peux plus, elle me dit de m'asseoir et s'active à ma place. Elle dîne avec moi dans la cuisine. Rien qu'en étant écoutée, j'ai le sentiment que mon épuisement s'allège d'un coup. Ces soirs-là, la vie me paraît beaucoup moins pénible et j'ai l'espoir qu'un jour je serai ailleurs et ferai autre chose.

— Qu'est-ce qui ne va pas ? On dirait que tu as pleuré.

— Tia Deusa a encore menacé de me mettre dehors. Elle dit que je suis un poids pour elle.

— Ah bon, pourquoi ?

— J'avais pas fini tout le repassage quand elle est partie. Elle voulait mettre une robe que j'avais pas eu le temps de faire. Je vais pas assez vite.

— Plutôt que de pleurer, imagine que tu prends une boîte… ou une poubelle, c'est encore mieux. Tu mets ton problème dedans et tu fermes bien le couvercle. Attention, vérifie que c'est bien fermé, sinon le problème va ressortir !

— Ah bon ?

— Allez, on finit de ranger la cuisine. Encore ces quelques plats à essuyer…

— J'en ai marre. J'aime pas essuyer les plats. Pourquoi salir autant de vaisselle tous les jours ? C'est toujours à renettoyer. On en finit pas !

— Tu as encore un problème, Alessandra ?

— Non, non, j'ai tout mis à la poubelle !

— Alors tout va bien ! Il n'y a plus que ce plat à ranger. Tiens, je te laisse finir. Je dois rentrer... Bonne nuit ! Ne te couche pas trop tard !

À ce rythme, il est inévitable que mes résultats scolaires baissent. Ils sont devenus tout juste corrects par manque de temps et de livres. Il faut que je réussisse malgré tout, si je ne veux pas être obligée d'abandonner avant la fin de ma scolarité comme tant d'autres élèves. Tia Deusa serait trop contente que je reste toute la journée à la maison. Quel étouffement ce serait !

À part le collège, j'ai rarement l'occasion de sortir et voir autre chose. Justement le professeur de sciences naturelles organise demain une sortie au Jardin botanique. Exceptionnellement, Tia Deusa accepte que je m'absente toute la journée, à condition de rattraper le temps perdu le soir. C'est que les observations faites au Jardin botanique vont servir pour l'évaluation finale en sciences naturelles. Il ne s'agit pas seulement d'une sortie pour le plaisir. Mais quelle bouffée d'oxygène !

On part en autobus à sept heures du matin, avant la chaleur. Il faut traverser toute la ville. On roule pendant plus d'une heure, mais ça passe vite car je papote avec mon amie Lucia. On commente tout ce qu'on observe et il y a de quoi s'étonner. La ville est déjà bien active le matin. Beaucoup de marchands arrangent leurs tas de casquettes, sandales, briquets, radios et autres objets sur les grands trottoirs. D'autres font cuire des morceaux de poulet pendant que des enfants interpellent les passants pour cirer leurs chaussures. Ceux-ci ont l'air pressé, tu as vu ? Sans doute que les bureaux vont ouvrir bientôt. Et cette queue devant le téléphone ! Qu'est-ce qu'ils ont bien à dire ? Ils n'ont pas vu que l'autre téléphone, là-bas, est libre ! À part dans les tunnels où nous ne voyons plus rien, nos deux yeux ne suffisent pas pour tout regarder. Et nos langues vont bon train.

L'arrivée au Jardin botanique est un autre émerveillement. C'est grandiose. Je n'ai jamais vu de palmiers aussi hauts. Les allées ruissellent de verdure. Que de parfums ! La grande fontaine fait un bruit sourd qu'accompagne le chant des oiseaux. Tout semble irréel. Nos cahiers sont trop petits pour contenir tous les croquis qu'on voudrait faire. Alors avec Lucia nous nous arrangeons pour dessiner à tour de rôle les plantes à retenir. Les explications du professeur sont tellement plus vivantes qu'en classe. C'est vite l'heure du pique-nique. Une fraction de seconde, je me revois en train de manger mon bout de pain dans la rue. Il a un goût de liberté que j'avais complètement oublié.

Tiens, un petit garçon dégourdi a attrapé un lézard par la queue et le montre tout fier à sa maman.

— Thiago ! J'aime pas ça ! Repose-le !

— Mais ça ne pique pas !

— Ça ne fait rien. Laisse-le !

— Alors, je pourrai attraper une grenouille si j'en vois une ?

— Laisse ces bêtes tranquilles, bon sang ! Viens plutôt voir les oiseaux !

— Attends, maman, regarde l'araignée, là !

— Thiago, lâche cette araignée et regarde l'énorme oiseau sur cette branche là-haut !

Nous aussi, nous observons toutes sortes d'oiseaux. Puis des papillons et des abeilles qui tournent autour d'une ruche. Un jardinier équipé de gants nous permet d'observer quelques rayons de miel de plus près. Je suis émerveillée de voir à quel point les abeilles sont besogneuses et appliquées. Elles bossent du matin au soir et ce qu'elles fabriquent est si doux. Quel parfum aussi ! La journée entière est un long enchantement où se mêlent couleurs, senteurs et musiques en un millier de sensations partagées avec ma meilleure amie du moment. De telles journées sont si rares pour moi qu'elles restent longtemps gravées dans ma mémoire.

En dépit des difficultés, j'ai réussi mes examens de fin d'année. Je suis admise à passer en dernière année. C'est le moment de choisir une orientation professionnelle. J'aimerais beaucoup étudier la biologie et devenir infirmière. J'y renonce à cause du coût des livres, du matériel et aussi de la blouse que personne ne peut me payer. Tia Maria aimerait bien m'aider, mais elle finance déjà les études de son fils à l'université et a encore plusieurs enfants à charge. Je m'inscris donc dans la seule section qui ne nécessite aucun investissement : je vais étudier pour devenir professeur de gymnastique.

Tous les cours se passent dehors. Je préférerais de loin être en classe à étudier et à faire des travaux pratiques. Mes poignets ne sont pas très souples et je ne suis ni douée, ni vraiment passionnée par le sport. Je termine l'année avec des résultats médiocres et sans le diplôme parce que je ne peux me rendre à la fête organisée pour la remise du diplôme. Je n'ai ni le temps, ni la tenue habillée de rigueur, et c'est ainsi que se terminent mes études, à l'âge de dix-huit ans. C'est une étape difficile. J'ai la satisfaction d'avoir pu suivre des études pendant sept ans, ce qui était inespéré pour une fille comme moi. J'ai eu la chance d'avoir fréquenté des écoles privées où l'éducation est d'un niveau nettement supérieur aux établissements publics. Cela ne m'empêche pas, au fond de moi, d'être anxieuse quant à ce qui m'attend. Je ne connais rien du monde extérieur. Mon univers est plus que limité. Que vais-je devenir ?

Tia Deusa est contente de me récupérer à plein temps à la maison et fait rejaillir sur moi la déception liée aux échecs de sa fille. Elle s'emporte pour des broutilles et me reproche d'être incompétente. Quand ma façon de faire lui déplaît, elle me crie dessus et menace de me renvoyer à la rue.

Mes sorties se limitent maintenant à la boulangerie où je vais régulièrement chercher du pain frais l'après-midi. Depuis quelques jours, un jeune homme traîne là-bas parce qu'il y connaît une des employées. Il me dévisage avec affront.

— Bonjour, belle fille ! Tu habites où ?

— C'est pas ton problème ! Qu'est-ce que tu me veux ?

— Rien ! Tu me plais, c'est tout !

Et le lendemain, il est encore là, l'air sûr de lui.

— Alors, on aime le bon pain ? Tu as de jolis yeux ! Moi, j'aime les beaux yeux !

— Et alors ?

— Tu vas où ? Tu veux pas m'épouser, ma belle ?

Je ne fais pas attention à lui. Je n'ai pas le temps de discuter. Les jours suivants, fidèle au poste, il persiste dans ses avances.

— Tu viens d'où ?

— Pas loin ! Mais c'est pas ton problème.

— Si tu veux, on se marie !

— Pourquoi pas ?

Il a l'air étonné. Moi, je me souviens des paroles du prêtre. Si on signe le papier à la fin du mariage, on ne peut pas abandonner l'autre. Il ne se retrouve jamais à la rue.

— Pourquoi pas… je répète.

Et je repars en riant. Ensuite il disparaît et n'est plus là quand je vais chercher le pain. Un mois plus tard environ, il est à nouveau dans la boulangerie, plus entreprenant que jamais.

— Tiens ! Ma fiancée est encore là !

— Ça ne va pas, non ! Pour qui tu te prends ?

— Pour un marin amoureux ! Tu me plais toujours !

— Laisse-moi rire !

— Tu habites par ici donc ?

— Je t'ai déjà répondu.

— Si tu veux, on se marie !

— D'accord ! Si tu insistes !

— C'est à toi de choisir !

— Je veux bien !

— C'est vrai ?

— Oui, bien sûr !

— Ha ! Ha ! Chiche ! Je m'occupe des formalités...

— Je dois filer ; à bientôt !

— Attends ! Donne-moi ton nom et ton adresse ! Il me faut aussi le nom de tes parents.

Mon identité est vite déclinée et cela ne le déstabilise pas. Au contraire, il a l'air tout excité.

Quelques jours plus tard, le jeune homme m'attend avec un papier sur lequel sont écrits la date, l'heure et le lieu où on doit se marier. On a donc rendez-vous le mardi suivant à la boulangerie pour aller ensemble au bureau d'état civil du quartier. Quelle belle occasion pour quitter enfin la maison de Tia Deusa ! Ne la laissons pas passer ! Cette perspective me réjouit !

Je suis plus que nerveuse quelques heures avant le rendez-vous fixé. Plusieurs fois je demande à Tia Deusa si c'est pas l'heure d'aller chercher du pain. Finalement, je me mets en route. Diego, c'est son nom, il me l'a dit quand je lui ai donné le mien, m'attend avec un ami qu'il me présente et qui va nous servir de témoin. Ils ont mis un costume chic alors que j'ai mes habits de tous les jours. Cela a l'air de les surprendre un peu. J'explique que je n'ai pas eu le temps de me changer. Peu importe. Nous nous dirigeons tous les trois d'un pas décidé vers le bureau d'état civil. Grâce aux questions de l'officier qui nous reçoit, je constate que Diego aussi a dix-huit ans. Il est élève à l'École de la Marine de Recife, ainsi que son ami, Carlos, notre témoin à tous les deux.

Une fois les papiers signés, nous échangeons des regards pleins d'étonnement. S'entendre dire que nous sommes mari et femme alors que nous ne nous connaissons pas nous rend perplexes. Comme trois gamins qui auraient comploté un coup pendable. La complicité semble forte entre Diego et Carlos qui partent d'un grand éclat de rire quand nous nous retrouvons dehors. Dans quelle aventure est-ce que je me lance ? Je n'ose pas montrer à quel point je suis excitée à l'idée de partir vers l'inconnu. Pour faire face à la situation, je dis que je dois retourner à la maison où j'ai quelques affaires à prendre. Nous nous donnons rendez-vous à la boulangerie une heure plus tard. La jolie façade colorée de la maison où j'habite depuis pas mal d'années maintenant m'apparaît alors comme un décor de cinéma. Je me sens comme une actrice en train d'incarner une autre femme. Voyons quel rôle Tia Deusa va me jouer… Elle me fait celle qui se demandait où j'étais passée et commence à me reprocher mon retard. Je joue l'innocente...

— Il est si tard que ça ? C'est un problème ?

— Oui ! Je vais te mettre à la porte ! Tu verras, tu seras à la rue ! C'est ce que tu mérites !

— Justement, je m'en vais !

— Ah vraiment ? C'est la meilleure chose que tu peux faire !

— Je sais ! Je pars maintenant !

Mes quelques affaires personnelles sont très vite emballées, sous les yeux étonnés de Suelen qui pleurniche parce qu'elle a faim. En me voyant déterminée, Tia Deusa essaie de me retenir et change soudain de ton.

— Mais où tu vas aller ?

Laissons planer le mystère. D'ailleurs je n'en sais rien moi-même. Fuir d'ici, c'est ce qui compte.

— Je ne sais pas, mais j'y vais !

— C'est dangereux, tu sais.

— J'ai pris ma décision, je pars !

— Mais tu n'as pas fini ton travail ! Et Suelen a faim.

C'est vrai, elle me suit en pleurant. Je la serre dans mes bras, l'embrasse et lui dis bien fort :

— Ne t'inquiète pas, mamie Deusa va te donner à manger. Au revoir !

Diego m'attend à la boulangerie comme prévu et je perçois tout de suite qu'il a perdu de son assurance.

— Me voilà ! Ça n’a pas été long, hein ? On part chez toi ?

— Euh… Il y a un problème !

— Ah bon ? Quel problème ?

— C’est que je n’ai pas dit à ma mère que je me mariais !

— Eh bien, allons lui dire !

— Je ne peux pas ! Tu ne te rends pas compte ! Mes parents ne vont jamais comprendre !

— Tu n’habites pas tout seul ?

— Non, je suis en vacances chez mes parents. Le reste du temps je suis à Recife, à l’École de la Marine.

— Qu’est-ce qu’on peut faire alors ?

— Réfléchissons !

— Allons nous asseoir sur le banc pour réfléchir.

— On va dire à mes parents que tu es la sœur d’un ami de Recife. Tu viens à Rio pour étudier et tu n’as pas de famille ici. Ton frère m’a demandé de te dépanner pour quelques jours.

C’est donc ce que nous racontons aux parents de Diego, qui se montrent charmants envers moi et sont des hôtes très gentils. La mère m’installe dans la chambre de sa fille. Le père, un homme impressionnant et sévère, s’empresse de recommander à sa femme de nous avoir à l’œil tous les deux, parce qu’on ne sait jamais, avec des jeunes gens de sexe différent. Les tentations sont grandes... Pendant le dîner, Diego répond aux nombreuses questions à ma place. Comment est-ce que je peux savoir, moi, si Recife est une jolie ville ? Ai-je fait un bon voyage ? Sans doute, mais je suis épuisée, alors je laisse Diego répondre et il reprend une certaine assurance. Il est d'ailleurs d'un naturel assez bavard et tous les détails qu'il donne ont l'air de convaincre ses parents.

Faire la bonne est tellement ancré chez moi depuis dix ans que le lendemain matin, je commence à nettoyer la maison sans me poser de questions. La mère de Diego me dit que je ne suis pas là pour faire le ménage. J'avais oublié que je suis à Rio pour chercher une école où m'inscrire comme étudiante venant d'un autre État. Il faudra que Diego m'aide dans mes recherches car la ville est complexe. Et surtout je ne sais pas du tout me débrouiller en ville.

En guise de recherches, nous passons notre temps à nous promener en ville, à discuter et à apprendre à mieux nous connaître. Nous marchons dans des beaux quartiers que je n'ai jamais vus. Nous allons jusqu'à la plage en nous donnant la main. Souvent Diego passe son bras autour de ma taille. Il m'embrasse chaque fois que nous nous asseyons sur un banc. Je le laisse me caresser les seins. Après tout, c'est mon mari, c'est bien normal. Chez ses parents, il essaie plusieurs fois de me déshabiller furtivement et de presser son sexe contre le mien mais sa mère est à l'affût et ne nous laisse jamais seuls.

Je ne savais pas à quel point les plages peuvent être grandioses à Rio. Parcourir les pieds dans l'eau celle de Copacabana peut prendre trois heures au moins, surtout avec des pauses. Ce n'est pas toujours sans risques, comme la fois où des coups de feu retentissent au milieu de hurlements. Tout le monde se plaque alors au sol, sur le sable ou sur le dallage noir et blanc qui longe la plage, le temps que des policiers arrêtent des gangsters et les neutralisent.

Cela se passe tout près de nous, en quelques secondes qui paraissent une éternité. Quand le signal est donné par un des policiers, tout le monde peut se relever et laisser échapper ses frayeurs avec des commentaires imagés. Il se forme alors un attroupement autour du kiosque du marchand de jus de coco. J'ai encore le cœur qui bat très vite. C'est rassurant dans ces circonstances d'avoir un homme à qui se confier. De telles péripéties nous rapprochent et la confiance s'établit entre nous.

Un matin, Diego est certain que sa mère ne rentrera pas de sitôt parce qu'elle a des médicaments à aller chercher. Elle doit ensuite les amener à son beau-père qui est hospitalisé. Aussitôt sa mère partie, il en profite pour m'entraîner dans la chambre de ses parents et me déshabiller fébrilement. Personne avant lui n'a vu les cicatrices qui lacèrent mon ventre et je suis toute gênée quand je me retrouve nue sur le grand lit de ses parents. Il ne me pose pas de questions. J'ai déjà un peu évoqué ma vie d'enfant des rues. Ses caresses se font plus précises. Mes gestes malhabiles ont du mal à répondre aux siens. Je n'ai aucune expérience de l'amour et les images se bousculent dans mon esprit. Les marques d'affection dont il a fait preuve ces quelques jours m'aident à subir son étreinte fougueuse. Mon embarras est vite rattrapé par le sien car une autre épreuve l'attend. En effet, la porte de la chambre s'ouvre soudain et apparaît le visage furibond de sa mère qui pousse un cri en nous voyant. Je suis rouge de honte et ne sais plus où me mettre. Diego essaie aussi de cacher sa nudité. Nos habits sont éparpillés. Il semble que la foudre s'abat sur nous.

— Que fais-tu, Diego ? Tu n'as pas honte ?

— Mais…

— À peine j'ai le dos tourné… Si je n'avais pas oublié l'ordonnance…

— Maman, il faut que je t'explique !

— Comment ça ? Qu'est-ce qu'il y a à expliquer ?

— Alessandra et moi, on est mariés !

— Quoi ? Qu'est-ce que tu dis ?

— On s'est mariés la semaine dernière ! Pas vrai ?

— Sans notre permission ? Sans rien nous dire ?

— On est tous les deux majeurs, maman !

— Mère de Dieu ! Si ton père apprend ça !

— Ne lui dis pas alors !

— Depuis quand vous êtes mariés ?

— Depuis mardi dernier !

— Et les parents d'Alessandra, est-ce qu'ils savent ?

— C'est qu'elle ne voit plus ses parents.

— Ils ne sont pas à Recife ?

— Non !

— Ça alors, tu parles d'un choc ! On ne se marie pas comme ça sur un coup de tête !

— Je sais, maman, c'est pour la vie.

— Écoute, on ne va rien dire à ton père. Il en serait malade. Qu'est-ce que vous comptez faire ?

— On voudrait habiter ensemble mais on ne sait pas où aller.

— Je vais voir si je peux vous trouver un endroit... Attendez que je me remette de mes émotions. Nous faire un coup pareil !

Dans quelques jours, nous nous installerons dans un petit logement qui appartient à la mère de Diego. En attendant qu'il soit libre, elle fait volontairement devant son mari des petites allusions au fait que nous nous entendons bien, que nous sommes bien assortis, qu'on nous prendrait pour des fiancés... Je dois reconnaître que Diego est d'une extrême gentillesse avec moi, tout comme sa maman. Je n'ai jamais été l'objet d'autant de marques d'affection et c'est bien agréable. Peut-être apprécient-ils le fait que je ne suis pas une poupée gâtée qui se fait servir. Au contraire, je suis habituée à rendre service et à m'activer dans la maison. Bientôt, je serai dans ma maison !

Une maison à nous, rien qu'à nous, pour nous deux, Diego et moi… Bien sûr elle est très petite, très modeste, mais je suis chez moi pour la première fois ! C'est moi la maîtresse de maison. Je m'en occupe du mieux que je peux. Le ménage et la cuisine, ça me connaît. C'est très rassurant, un petit nid d'amour avec un vrai toit sur la tête et une adresse à notre nom. Pour l'amour, je ne peux pas dire que nos rapports soient très faciles au début. N'étant pas bien dans mon corps, j'ai du mal à trouver ça agréable. Comme si c'était le prix à payer pour ma liberté. Diego est gentil, plus amoureux que je ne le suis. Il aime le foot, les copains et adore se faire servir. Ce qui fait que lorsqu'il rejoint son école à Recife, je ne m'en porte pas plus mal. Sa paye suffit à nous faire vivre étant donné que sa mère nous prête la maison.

Je ne sors pratiquement pas, si ne c'est pour faire quelques courses dans le quartier. Avant de partir pour deux semaines, Diego m'a laissé un chéquier pour payer les quelques frais en son absence. Un matin, je passe devant une boutique de jouets et m'attarde devant son étalage. Un petit garçon d'environ six ans est là aussi, pauvrement vêtu, sale et ouvrant de grands yeux. Je me revois à six ans, toute seule dans la rue. Les gens me donnaient à manger. Je n'avais pas vraiment faim. Mais j'aurais tant aimé qu'on me donne une poupée. Une poupée pour moi toute seule. Ce n'était pas indispensable pour survivre. Mais quel enfant ne vit pas dans le rêve ?

— Tu veux un jouet ?

— Oh oui !

— Choisis-en un ! Je te le paye !

Le sourire qui me répond me remplit de joie et il me semble voir des étincelles dans les yeux du garçon qui fait un petit signe de tête dans plusieurs directions. À ce moment-là, trois, puis quatre autres enfants qui étaient tout près me voient entrer dans le magasin et se mettent à me réclamer un jouet. J'avais oublié que les enfants des rues sont généralement en groupe et sont très solidaires.

— Allez, les enfants, j'achète un jouet à chacun.

Au bout de plusieurs hésitations et babillages bruyants, les enfants ont tous un jouet dans la main. Pour payer je rédige un chèque et repars, heureuse d'avoir pu mettre un sourire sur chaque visage.

Quelques jours plus tard, Diego revient et vérifie les comptes. Il me demande, effaré, comment j'ai pu dépenser en une fois plus que ce qu'il gagne en un mois. Et dans une boutique de jouets ! J'explique mon geste.

— Mais tu ne te rends pas compte !

— Ah bon ?

— C'est plus que ma pension militaire ! Ce n'est pas possible de continuer comme ça.

Je ne peux pas me rendre compte en effet puisque je n'ai jamais géré un compte. Mes seuls contacts avec l'argent se limitent aux petites sommes pour la boulangerie et le marché.

— Il faut que tu travailles. Tu te rendras compte que l'argent n'arrive pas comme ça ! Et puis ça t'occupera quand je ne suis pas là.

— Je veux bien, mais quoi faire ? Je n'ai pas le diplôme pour être professeur de gymnastique.

— Tu pourrais garder des enfants.

— Oui, ça je sais faire !

— Eh bien, pourquoi pas ? Mets une annonce. Il y a tant de mères qui travaillent et n'ont pas le temps de s'occuper de leurs enfants.

— C'est vrai. C'est une bonne idée !

Dès le lendemain, j'accroche une affichette disant : *Garde enfants de 0 à 6 ans. S'adresser ici.*

En quelques jours plusieurs femmes m'amènent leur enfant et je commence à m'en occuper. J'ai déjà appris le métier avec Suelen et cela ne me pose pas de problème. Au contraire, je me sens très proche des petits. J'aime les prendre dans mes bras. Ils ont une telle manière de poser leur tête contre mon épaule et de s'abandonner que cela me fait chaud au cœur.

Lorsqu'il revient à Rio en permission, Diego est fier de voir que je garde déjà trois gamins tous les jours, sauf le dimanche, et un quatrième un matin sur deux.

— Ça marche le travail !

— Oui ! Je suis juste un peu fatiguée parce que quatre marmots, c'est du boulot !

Le voilà rassuré. Il n'aura plus besoin de faire appel à la générosité de sa mère pour combler le découvert de son compte en banque comme la dernière fois.

Les semaines passent pendant lesquelles nous sommes très occupés. Nous nous sommes adaptés l'un à l'autre et à notre rythme de vie, comme beaucoup de couples autour de nous. Un soir, son meilleur ami, Carlos, vient nous voir avec sa jeune sœur Renata que j'ai déjà rencontrée plusieurs fois. Sa douceur et sa joie de vivre font que je l'ai tout de suite considérée comme une amie. Ils ont tous les deux une mine consternée et nous leur demandons ce qui les amène. Sans détour, Renata nous annonce qu'elle est enceinte de cinq mois déjà et que ses parents ne sont pas au courant. Il est hors de question qu'ils l'apprennent. Ils sont beaucoup trop rigides et intolérants. Renata serait rejetée à jamais et en plus elle n'a pas les moyens d'abandonner son travail de domestique dans une ville proche pour élever l'enfant. Nous sommes perplexes et essayons d'envisager toutes sortes de solutions. Après une longue discussion et cinq ou six bières plus tard, nous décidons que Renata ira à la maternité de notre quartier accoucher sous mon identité. Renata passera ses dernières semaines de grossesse chez nous et je l'accompagnerai à la maternité avec ma carte d'identité. La photo y est de très mauvaise qualité et puis nous sommes brunes et métissées toutes les deux. Personne ne remarquera rien.

— Vous êtes formidables ! Je ne sais pas comment vous remercier !

— En nourrissant le bébé au sein toi-même au début. Je ne peux pas le faire à ta place. Tu resteras ici quelques semaines. Tes patrons te laisseront bien quelques semaines de congé, non ?

— Bien sûr, ma patronne a bien vu que je suis enceinte. Sur le coup elle a soupçonné son mari d'être le père. J'ai dû la rassurer. Ce doit être en fait un des jeunes que je vois parfois au bar le samedi.

— Tu lui as dit au moins que tu attendais un bébé de lui ?

— C'est que je sais pas exactement lequel des garçons c'est ! Ils ont seize ou dix-sept ans et ça leur est complètement égal.

— C'est pas leur problème, c'est ça ? Heureusement qu'on est là nous ! dit Diego.

— Tu es vraiment un bon ami, Diego ! Et je t'envie d'avoir une femme aussi généreuse, ajoute Carlos.

— Finalement, c'est beaucoup plus simple qu'une adoption. Je suis pressé qu'on ait des enfants, Alessandra et moi. Ça ne s'annonce pas pour le moment. Et puis je suis trop souvent absent, tu sais bien.

— Eh oui, il n'y a pas que des avantages dans la marine !

— Si on buvait encore une bière à la santé du bébé ?

— Tu nous fais un beau bébé, hein ? Je vais surveiller ce que tu manges quand tu seras ici !

— Si c'est une fille je l'appellerai Caroline, si c'est un garçon ce sera William !

Et c'est ainsi que trois mois et demi plus tard naît un petit William, reconnu comme le fils de Diego et Alessandra et portant officiellement notre nom de famille. Il a le doux sourire de la maman qui l'a mis au monde et le caractère obstiné de celle qui va l'élever. Renata lui donne le sein pendant quatre semaines avant de repartir travailler, à la fois triste et confiante en l'avenir de son bébé. Chaque fois qu'elle revient à Rio, elle vient l'embrasser et a décidé que lorsqu'il saura parler, il l'appellera Tia Renata.

Un an plus tard, c'est moi qui me retrouve

enceinte et mets au monde mon premier bébé, Paulo. Je m'en occupe avec autant d'amour que les autres, ni plus ni moins. Diego est le plus heureux des hommes, surtout que sa mère commençait à s'impatienter. Vingt ans déjà et toujours pas d'enfant. Alors que des gamines en pondent à quatorze ans dans ce pays et sont incapables de les élever !

Ce ne sont pas les gamins qui manquent dans le quartier. Je ne serai jamais à court de travail. De plus en plus de femmes m'amènent un bébé ou un jeune enfant à garder. Dans la journée, j'en compte une douzaine. On me connaît. Aucun n'a l'air malheureux chez moi. Alors on me fait confiance. C'est souvent une grande sœur ou une grand-mère qui dépose l'enfant le matin et vient le rechercher. Deux mois passent et seulement quatre personnes m'ont payée. Je ne vois pas d'autre solution que d'aller jusqu'à la maison de chaque mère pour réclamer mon dû.

Un samedi, au moment où une grande sœur vient récupérer un bébé, je propose de la raccompagner jusque chez elle. Le trajet est long. Les rues sont de plus en plus étroites. On croise des chiens tout maigres. Des marmailles jouent pieds nus. Avec des ballons ou des bouteilles vides. Il y a des disputes aussi. Des papiers sales et des plastiques traînent par terre. Des odeurs d'eau croupie remontent du sol. Au bout d'un moment, les rues sont en pente. Nous en prenons une qui grimpe de façon très raide. Puis deux ou trois ruelles qui serpentent. Un escalier défoncé. Encore un tournant. Finalement nous arrivons devant une cabane toute rafistolée. Une femme sans âge nous accueille avec un grand sourire. Il lui manque des dents. Un fichu sur la tête couvre ses cheveux sombres. Elle prend son bébé, le serre contre son cœur et l'embrasse avec tendresse. Elle ne m'a vue qu'une fois et me reconnaît tout de suite. Elle me montre l'unique pièce où elle vit avec trois autres enfants.

Quel dénuement ! Je n'ose même pas lui parler d'argent. C'est elle qui me dit que bientôt elle pourra me payer un peu. Il faut que je patiente.

Une de ses voisines m'a vue arriver. Elle vient à ma rencontre en tenant par la main un des bouts de chou que je garde quelquefois. Elle est très consternée, a presque les larmes aux yeux. Son mari a été tué d'une balle il y a trois mois et elle n'a pas d'argent. Elle n'a pas eu le courage de venir me le dire. C'est la grand-mère de l'enfant qui a entendu parler de moi et me l'amène le matin. En repartant, je croise deux petites filles que je connais bien puisqu'elles sont chez moi tous les jours du lundi au vendredi. Elles se jettent dans mes bras. Elles sont plus sales et plus mal habillées aujourd'hui. J'imagine les efforts que font les mères les jours où les fillettes viennent chez moi. J'avais oublié ce monde de pauvreté. J'en suis toute retournée. Tant pis pour mes sous. Il m'est impossible de demander quoi que ce soit !

À son retour de permission, Diego est impressionné par le nombre d'enfants que je garde. Son enthousiasme est de courte durée.

— Eh bien ! Je vois que les affaires marchent ! Tu t'es bien débrouillée !

— Beaucoup de mères ont besoin de moi, en effet !

— Combien elles t'ont payée ?

— Pas beaucoup... C'est que seulement quatre mères m'ont donné de l'argent.

— Comment ? Mais il faut que tu réclames aux autres ! Tu es une idiote !

— C'est pas facile ! Je suis allée voir où elles habitent. C'est dans la favela. Elles m'ont dit de patienter.

— Mais ça fait deux mois quand même. On ne fait pas garder ses enfants sans rien payer ! Et tu les nourris à midi !

— Je sais.

— Te laisse pas faire ! Retourne les voir. Dis-leur que ça te donne beaucoup de travail !

— Bon, je vais leur demander qu'elles fassent un effort.

— Tu as intérêt, parce que je vais pas supporter ça longtemps !

Hélas, je redoute chaque retour de Diego car la situation n'a pas vraiment changé. L'argent ne rentre pas. Cela devient une source de dispute continuelle. Sa colère augmente d'une fois sur l'autre. Comment va se passer son prochain retour ?

— Bonjour, ma chérie ! C'est bon d'être à nouveau à la maison.

— Bonjour, mon amour ! Le voyage s'est bien passé ?

— Comme d'habitude. Mais, dis donc, ces deux-là, je ne les ai jamais vus ! Combien tu gardes d'enfants maintenant ?

— Entre dix et treize ; ça dépend des semaines.

— Il faudrait peut-être que tu enlèves le panneau à l'extérieur. En tout cas, j'espère que tu ne te fais plus exploiter ! Elles t'ont payée ?

— Pas encore !

— Comment ça, pas encore ? Tu te fiches de moi ?

— C'est dur…

— Je suis désolé, Alessandra, je refuse de nourrir gratuitement treize enfants. Va falloir que ça change ! Donne-moi à boire !

— Tu sais où est la bière !

— Avec les deux nôtres, ça fait quinze… Sans compter le travail que ça représente !

— Quelques personnes m'ont donné du riz

quand même. Il y a deux grandes sœurs qui me donnent un coup de main aussi.

— Oui, mais trop c'est trop ! Je ne supporte plus cette vie. La maison est pleine quand je reviens.

— J'y peux rien ! Écoute, on en reparlera quand on aura dîné. Il faut que je m'occupe de Paulo.

— Il n'est même pas prêt le dîner… Je crève de faim !

— Et moi, je suis épuisée !

— Je vois bien que tu es épuisée. Ces enfants te bouffent. Et la famille ? C'est devenu une colonie ici !

— Mais ils ont besoin de moi !

— Moi aussi, j'ai besoin de toi ! Tu ne t'occupes plus de moi ! Pourquoi je t'ai épousée ?

— Si tu savais comme certains des gamins sont malheureux ! Si je ne m'occupe pas du petit Pedro, il sera à la rue toute la journée.

— Il y en a d'autres enfants à la rue. On ne peut pas tous les recueillir !

— Tu ne sais pas de quoi tu parles !

— Comment ça ? Je les vois bien tous ces mioches dans les rues !

— Comment peux-tu être aussi insensible ?

— Dis donc, arrête de m'insulter ! J'en ai plus que marre ! Tu renvoies les gamins qui ne paient pas ou tu me fiches le camp avec !

— Diego ! Essaie de comprendre !

— C'est toi qui vas comprendre que j'ai été bien trop patient. Et ma mère qui nous prête sa maison, tu crois que c'est pour une quinzaine de mioches ?

— Je ne veux pas que ces enfants soient abandonnés. J'ai trop connu ça !

— Alors dans ce cas, tu choisis : c'est les enfants ou ton mari.

— Diego, calme-toi…

— Mais ce ne sera plus ton mari, avec quinze enfants ou plus à faire vivre !

— Vraiment ?

— Réfléchis ! Ça suffit comme ça ! C'est eux ou moi !

— Diego !

— De toute façon, tu dépends de moi, espèce d'incapable !

— Très bien… Je choisis les enfants !

Diego est tellement choqué qu'il se lève d'un bond comme s'il allait me frapper. C'est la première fois que je le vois dans une colère pareille. Il se retient, lance un juron et sort en claquant la porte. Une force inconnue s'est emparée de moi. Jamais, non, jamais, je n'abandonnerai ces enfants ! Peu importe ce qui peut m'arriver, il est hors de question que je laisse les plus vulnérables des enfants à leur triste sort.

Le lendemain, Diego est redevenu plus calme. William et Paulo l'accaparent toute la matinée. Pendant leur sieste, nous pouvons enfin discuter sérieusement. Ce n'est pas sans mal que nous trouvons enfin un accord. Diego me laisse deux semaines pour m'organiser et trouver un logement pas cher. À sa manière d'être conciliant, je devine qu'il a une autre femme à Recife avec qui il partage ses moments libres. Je n'ai pas à me plaindre car il s'engage à continuer à me donner un peu d'argent pour William et Paulo.

Ma recherche de logement n'est pas aussi compliquée que j'aurais cru. J'en parle autour de moi et on me permet rapidement de m'installer dans un petit local quelques rues plus loin. C'est très rudimentaire. Pas de meubles au début. À peine l'eau courante, et encore, qu'à certaines heures. Je n'arrête pas du matin au soir. Au milieu des pleurs, des cris et des rires d'enfants. Un vieil homme qui passe sur le trottoir marque un arrêt et me dit :

— Quel bourdonnement ! C'est pire qu'une ruche là-dedans ! Vous avez bien du courage !

Je me rappelle alors la sortie au Jardin botanique et je m'empresse de trouver un panneau en bois. Un pinceau. Un peu de peinture jaune. J'écris *Rayons de miel.* J'accroche le panneau au-dessus de la porte. Que les gens du quartier sachent qu'ici on est à l'abri de la violence des rues. Je veux un lieu de douceur et d'amour. Je n'ai pas grand-chose, mais ça, je peux le donner !

Comment refuser les petits orphelins qu'on m'amène ? Ou ceux dont les mères sont absentes toute la semaine parce qu'elles travaillent loin dans les beaux quartiers ? J'ai bientôt dix-sept enfants à m'occuper. Plusieurs dorment ici la nuit. Il m'arrive d'aller revoir Tia Maria qui demande régulièrement de mes nouvelles. Elle me donne des conseils, me dit comment m'organiser. La boulangerie me donne tous les jours du pain. À la fin du marché, on me laisse des légumes et des fruits. Un grand frère me les apporte. Quelques personnes donnent des vêtements, d'autres du savon et on finit par assurer le quotidien. Le garagiste du bas de la rue emmène parfois un enfant malade au dispensaire. L'entraide ne manque pas. Quelques grandes filles préfèrent m'aider que de traîner leur ennui dans la favela.

Une grand-mère un jour me demande de la raccompagner chez sa fille qui habite assez loin. Au fur et à mesure que nous approchons de la favela, j'ai l'impression d'y être déjà venue quand j'étais petite. La fontaine en bas avec sa croix me rappelle vaguement quelque chose. On pourrait se perdre dans le dédale des rues qui grimpent. Pourtant je saurais très facilement retrouver mon chemin. Les deux ruelles qui se terminent en terrasse me sont familières. Cette odeur de pourri et de jasmin mélangés réveille brutalement en moi une sensation étrange. Il faut que je questionne les gens qui habitent ici. Connaissent-ils une femme qui s'appelle Sandra ? Elle a une quarantaine d'années, je suppose. Elle a eu plusieurs enfants. Je me souviens, l'un d'eux s'appelle José. Il y a Fernando aussi. Et Balbina, c'est ça, j'en suis sûre.

On me renvoie de maison en maison. De voisine en voisine. Elles vont se renseigner. Elles en informeront la grand-mère que je continue à suivre jusque chez elle.

La dernière fois que j'ai parlé à Tia Maria de l'envie de retrouver ma mère, elle n'a pas paru très étonnée.

— Quand on cherche quelque chose, c'est qu'on a du courage. Ceux qui ne cherchent pas ne grandissent jamais !

— Pourquoi vous dites cela ?

— Parce que chaque demande a sa réponse. Et chaque réponse a son poids !

— Est-ce pour ça que j'ai un peu peur ? Je risque d'être déçue, hein ?

— Il faut toujours s'attendre au pire. Comme

ça, quoi qu'il arrive, ce sera moins grave que ce à quoi tu t'attendais. Et tu en seras soulagée.

— J'aime votre manière de me parler !

— Un jour, je parlerai par ta bouche !

Après avoir raccompagné la grand-mère chez sa fille, je m'attarde quelques instants dans la maison branlante. Au moment de repartir je dois accepter quelques cruzeiros qu'elles ont mis de côté pour moi. J'en suis extrêmement gênée. En même temps j'en ai besoin pour nourrir l'enfant qui m'est confié chaque matin. En me laissant repartir, les deux femmes s'inquiètent de savoir si je ne vais pas me perdre. Mais il ne faut pas qu'elles se fassent de souci. Je ne me sens pas du tout étrangère ici, seulement un peu troublée. Je retrouve très facilement mon chemin. Il faut juste faire attention où on pose les pieds. Mais que la vue est belle quand on lève les yeux !

La grand-mère est radieuse de m'annoncer deux jours plus tard qu'on a retrouvé la Sandra que je recherche. C'est la femme qui habite dans la septième ruelle ouest, du côté de la fontaine à la croix. Dans la neuvième maison en bois. Celle avec un demi-battant de porte... Elle est bien malade ces derniers temps. Elle sort peu. L'alcool n'arrange rien... Parfois elle délire... Mon cœur bat très vite en entendant ces paroles. Je les répète mille fois dans ma tête. Je me promets d'aller la voir dès que je pourrai. Mais que vais-je lui dire ? Que vais-je lui dire, bon Dieu ?

C'est un dimanche pluvieux. Il faut faire attention où on met les pieds. La boue dégouline au milieu des ruelles. Je retrouve la fontaine à la croix. La sixième ruelle ouest. Deux petits enfants s'éclaboussent en riant. Un adolescent fume une cigarette, abrité sous une tôle entre deux poteaux. Un autre renifle un pot de colle. Quelques marches à monter. Je suis essoufflée. C'est raide par ici. Mais surtout l'angoisse emballe mon cœur. La septième ruelle. Huitième, neuvième maison en bois. Un demi-battant de porte... Encore une averse. J'attends une accalmie. C'est bon. Le soleil réapparaît. Je frappe. Pas de réponse. Je frappe à nouveau.

— Qui c'est ?

J'entrouvre la moitié de porte.

— Qui c'est, bordel ?

Une femme à l'air misérable est assise à une table, l'air inquiète. Elle m'observe dans la pénombre. J'ai une boule dans la gorge qui empêche les mots de sortir, puis d'une seule traite, je dis :

— C'est moi, maman ! Ta fille !

Elle me dévisage très longuement. Une lueur passe soudain dans ses yeux.

— Claudia ! C'est toi, Claudia ? Oh, mon Dieu !

— Je ne suis pas Claudia ! Moi, c'est Mimi !

— Non, tu t'appelles Claudia !

La pauvre femme que je vois devant moi a l'air pitoyable. On lui donnerait la soixantaine, pas la quarantaine. Comme le temps a passé !

— J'ai cinq ans ! Tu m'appelles toujours « Mimi »... Tu me laisses avec un bébé. Qu'est-ce que j'ai pleuré !

— Je ne t'ai pas abandonnée. Ton père...

— Il n'est jamais venu !

— J'ai beaucoup pleuré aussi ! Quelle vie de misère ! Assieds-toi !

— Et mes frères ? Et Balbina ? Pourquoi moi ?

— Qu'est-ce que t'as fait du bébé ?

— Je ne sais plus ! Je l'ai donné à une dame !

— Quelle misère tous ces enfants ! C'est trop dur. Les pères m'ont chaque fois laissée tomber ! Je suis très malade.

— Je vois ça !

— J'ai eu une fille encore après ta petite sœur. Elle s'appelle Claudia aussi. Pour moi, tu étais perdue. Morte peut-être. Ton père... je lui en ai toujours voulu !

Il fait lourd. J'étouffe. Dehors, la pluie redouble. Tant pis, il faut que je sorte d'ici. L'eau qui tombe soulage mon visage en pleurs. Combien de temps sommes-nous restées à parler ? À essayer de comprendre, à savoir ce que chacune est devenue ? Mes frères et sœurs ne savent pas lire. L'un d'eux se drogue. Je vois bien que ma mère boit trop pour avoir des remords.

On ne rattrape pas le temps perdu ! En descendant de la favela, je lève la tête pour que les gouttes lavent mes larmes. Que mes émotions aillent gonfler les ruisseaux gorgés d'eau et laissent mon corps en paix. Le chemin est long jusqu'à ma maison. Mes enfants sont étonnés de me voir si mouillée. Je me couche, épuisée. Il y a si longtemps que je n'ai pas dormi d'un sommeil aussi lourd.

Les jours qui suivent, le ciel de Rio est d'un bleu sans faille. Comme si la pluie l'avait lavé à tout jamais. Alors que je suis occupée à donner le biberon au plus petit de mes dix-sept enfants, Tia Deusa me téléphone pour m'apprendre que Tia Maria est morte dans son sommeil. Le chagrin me submerge et je fonds en larmes devant les enfants surpris. Tia Maria, c'était une mère pour moi ! S'il y a un paradis, mes enfants, c'est en fusée qu'elle doit y aller ! Un Français m'a dit qu'en Guyane, ils lancent des fusées. Et c'est juste à côté du Brésil !

Ce récit m'a été inspiré par la rencontre avec une femme brésilienne hors du commun qui se bat pour les enfants des rues. Trente-cinq ans après avoir été abandonnée sur un trottoir de Rio avec sa petite sœur dans les bras, elle dirige maintenant l'Institution Favos de Mel qu'elle a fondée dans la banlieue nord de Rio. Depuis qu'elle est adulte, en effet, elle consacre sa vie aux enfants défavorisés en leur permettant d'avoir une vie décente et en mettant la priorité sur leur éducation afin qu'ils aient un avenir. Elle apporte aussi son aide aux familles car le problème des enfants des rues n'est pas tant l'absence de parents que leur incapacité à s'occuper d'eux. C'est par la prévention qu'elle espère réduire le nombre d'enfants abandonnés à la rue. Son combat est devenu sa raison de vivre. Je la remercie de tout cœur de la confiance qu'elle m'a témoignée en me racontant son histoire.

Saint-Yrieix, 8 mars 2007

Achevé d'imprimer sur les presses de

BUSSIÈRE

GROUPE CPI

à Saint-Amand-Montrond (Cher)
en juin 2007

N° d'édition : 583. N° d'impression : 072205/4.
Dépôt légal : juin 2007.

Imprimé en France